Ⓢ新潮新書

五木寛之
ITSUKI Hiroyuki

無力
MURIKI

514

新潮社

はじめに

近ごろ、どうも世間が力《りき》んでいる気配を感じます。軽やかでないというのか、うまく力を抜くことができていない。

たとえば、大災害に備えた国土強靭化《きょうじんか》、国防軍の創設等々……首相に返り咲いた安倍さんの所信表明も、「強い国」を目指すという言葉であふれていました。経済成長にせよ、インフレターゲットにせよ、たのもしく力強い文脈のなかにある。

尖閣諸島や竹島などの問題でも、外交で強い力を発揮し、世界のなかでも有力であろうとする傾向がある。「美しい国」から、「強い国」へ軸足が移ってきているようです。

日本では一九九〇年代初めにバブルが終わり、「失われた二十年」という低迷の時代をへて、あきらかに世相が変ってきた。デフレと不況の元気のない時代から、もう一度力強い方向へ、時代が動きだそうとしている気がします。

世界のなかの国のあり方として、日本よ、強くあれ、そういった声なき声が水位をあげてきている。

『悩む力』『聞く力』をはじめ、あきれるほど多くの本に「力」という字が使われています。私自身、十五年前に『他力』、『不安の力』、そして最近も『選ぶ力』という本を書いていて、それを否定するつもりはありません。

しかし、なぜこれほど「力」なのか。

力、というとまず思い浮かべるのが肉体の力、パワーです。あるいは、権力、能力、実力、財力。判断力や忍耐力……。

しかし、力というのは、いくら求めても、終わりがないものです。

以前、石原慎太郎さんと対談した後に、こんな話題になりました。吉岡一門との決闘に向かう宮本武蔵が、通りがかった神社で勝利の願掛け《がんか》けをしようとして思い直した。神仏に頼るようではだめだ、と。

これは「自力」か「他力」か。石原さんは、自分の力、すなわち自力で勝たんがためだった、という意見でした。

しかし私は、それは違うと言った。神頼みではなく自分を頼め、と武蔵にどこからかきこえてきた声なき声こそが、他力のはからいではないかと応じたのです。

「いや、それも結局、自力なんだよ」

と石原さんは笑っていましたが、雑誌社がつけたその時の対談のタイトルは、「『自力』か、『他力』か」となっていました。

自力、他力は、それぞれ「じりき」「たりき」と読みます。今では普通に使われている言葉ですが、もともとは仏教用語です。体力や能力の「りょく」でも、流行の「ちから」でもない。

「神力《しんりき》」や「力士《りきし》」がそうであるように、どこか、人のはからいを超えた意味が含まれている感じがします。

「力」と同じように、このところ目にする機会が増えた言葉が「絆《きずな》」です。二年前の大震災以来、人々はさかんに「絆」を口にするようになりました。

私の年代では、家の絆とか、肉親の絆とか、「束縛」というニュアンスが強いので、どうしても奇妙な感じがしてしまう。もともとは家畜の脚をしばって勝手に動けないようにする、という言葉です。戦後もてはやされてきた「個人」や「自由」とは、対極にある表現でした。

天災と戦乱、疫病があいついだ鎌倉時代、世俗的ないっさいの力学から解放されて生きる人間は、憧れの目でみられていました。「方丈記」の鴨長明、道元、栄西、法然、そして親鸞など比叡山の修行者も、ある意味で、みなそうです。

ブッダも、地方の小さな王国とはいえ、プリンスとしての立場と妻子を捨てて、二十九歳で出家しました。王族と家族の絆をいっさい捨てて、修行と思索の道に生きたヒッピーのような遁世者《とんせいしゃ》でした。

いまは、不安と喪失の時代だという人がいます。

自分ではどうにもならない、異常な自然の力に個人が翻弄される。

超少子高齢化と人口減少、経済の低迷など、あらゆることが下山してゆく時代を生きながら、リアルな実感が持てないということでしょう。

「力」にとびつき、「絆」のような束縛をもとめるのも、根は同じなのかもしれません。

しかし、風に吹かれ、流されゆくように生きてきた八十年の日々をへて、私はこう思うのです。

もう、そろそろ「力」と決別するときではないか。

自力でもなく、他力でもなく、その先に「無力」（むりき）という世界があるのではないか。

「無力《むりき》」とはあまり使われることのない言葉です。

しかし、力の束縛をはなれ、自分を真に自在にできるとき、力ではない何かが、ほんとうの意味で人間を自由にしてくれる、そう思えてならないのです。

他力を重んじる考えは変わりません。が、一方でこの不安な時代においては、「無力《むりき》」という考え方を持ったほうが、よく生きることになるのではないか。そう考えて、あえてこの言葉から、ものを考えてみようと思うのです。

無力　MURIKI　目次

はじめに　3

第一章　信と不信のあいだを生きる　15
「古京はすでに荒れて、新都はいまだ成らず。世の中浮き立ちて、人の心もをさまらず」と「方丈記」はいう。あらゆる価値観がゆらぐ時代をどうとらえるか。

第二章　ブレつづけてこそ人間と覚悟する　36
しばしば人は「ブレない」強さを讃える。だが混迷の時代、はたしてそれは正しいか。名僧から宗教の開祖まで、年齢とともに揺れる思想について考える。

第三章　悩みの天才・親鸞という生き方　51
人間は悪を抱えている。それをかくも徹底的に考えぬいた者がいるだろうか。「非僧非俗」の「愚禿」と称し、臨終を待たずして往生するという境地とは。

第四章　幻想的な認識にすがらず、明らかに究める　61
何事にも流行があり、時代には必ず盛衰がある。下りゆく時代に大切なのは、無力感におぼれることなく、優柔不断に動きつづけることではないか。

第五章　慈悲の心で苦を癒やせるか　76
つながりが連呼されている。しかし、悲しみや苦しみにあえぐ人々を励ますよりも、慈《マイトリー》と悲《カルナー》の本義に立ち返る必要があるのではないか。

第六章　人心と社会を動かす宗教、音楽　88
宮沢賢治はなぜ現世改革の熱に駆られたか。あの戦争でなぜ多くの人が玉砕できたのか。宗教と音楽の二つの側面から、人間の感情と行動について考える。

第七章　転換期には「楕円の思想」で中庸を行く　102
ルネサンス以来の人間中心主義と近代合理主義を問い直さなくてはならない。花田清輝が説いた「楕円の思想」にみる、中庸という深い智慧とは。

第八章　日本的心性を抱いて生きる　116
数十年に一度は大災害に見舞われる。この国で日本人はどのような心性と文化を生み出してきたか。「わび、さび」の源流にさかのぼり、その意義を考える。

第九章　それぞれの運と養生の道　129
人生には才能もあれば努力もある。そして、あらがえない時代の流れもついて回る。今日一日を生きるための養生の技法を通して、無常とどう向き合うか。

第十章　死をめぐる思想的大転換点に立って　146
時代の主旋律は「生」から「死」へと移ろうとしている。しかし、それは自然な流れなのだ。死生観をめぐる長い歴史をふまえ、人間の逝き時を見つめる。

第十一章　無力の思想で荒野をゆく　164
絆に幻想を抱かない。絶望も希望も虚妄であることは同じである。自力でも、他力でもない、第三の道――末世の荒野を人はどう歩んでいけばいいのか。

あとがき　186

第一章　信と不信のあいだを生きる

明るい話題をさがす時代

いま、私たちはたえず信と不信のあいだで、生きることを余儀なくされています。

一例を挙げると、放射線科医の近藤誠さんが、早期発見・早期治療はよくない、長生きしたければがんはむややみと治療してはいけない、という趣旨のことを『文藝春秋』に書いておられた。

さらには、話題の先進医療はカネの無駄である、とも。

そういう論文が、保守的な国民雑誌に載ることにも驚きましたが、一方で、他の週刊誌を読むと、日本のがん医学界の権威が、がんのほとんどは治せると断言していたりする。

その決め手はやはり早期発見・早期治療、というのです。

月刊誌と週刊誌で、主張がまるで違う。単行本を見ても、両論が並んでいる。

私自身をふくめた誰もが、検査を受けるべきか、受けるべきでないか、それ自体もわからない。

早期発見・早期治療、そして放射線治療や化学療法、あるいは手術を受けるというのは、ある意味で自力の闘病です。

それに対して、人間はなるようになる、目に見えない大きな力を信じて己《おのれ》の身を任せる、という他力の姿勢もある。

しかし、がんに限らず、この時代を生きる私たちが立っている地点は、もはや自力でもなく、世間でいう他力でもないのです。

原子力発電所の事故以来、放射能はごく微量でも、内部被曝《ひばく》が人体に大きな影響を及ぼす、と主張する人たちの説と、心配するほどたいしたことはない、という両方の説がメディアをにぎわせています。

昨年末、日本ペンクラブがアメリカの臨界前核実験に対して、抗議声明を出しました。

しかし戦後、一九四〇年代から六〇年代にかけて、太平洋をはじめ大気圏内で、どれほど繰り返し繰り返し、核実験がおこなわれてきたことか。

日本海には旧ソ連の原子力潜水艦が投棄されたまま放置されているそうですが、私たちは、普段それを気にかける様子はほとんどない。

初競りでマグロ一本に一億五千万円の史上最高値が付いた、と話題になりました。けれども考えようによっては、一九五四年にビキニ環礁での水爆実験で第五福竜丸が被曝したころから、太平洋はとうに汚染されつくしているのかもしれません。

がんの啓蒙運動が進み、早期発見や先進治療の技術は日々進歩しています。それでもなお、がん患者は年々増え、日本人の三人に一人ががんで死ぬ時代になったといわれて久しい。

統計をとって因果関係を調べることなど不可能ですが、数十年前の東西冷戦時代に広がった放射能汚染の影響が、いま徐々に出てきているというのも、あり得ないことではないでしょう。

人は数字を裏切る

また少し前には、二〇一二年の自殺者が前年にくらべて三千人、一割近く減ったというニュースが大きく報じられました。

もちろん、自殺は多いよりは少ないほうがいいにちがいない。

しかし、もともと私は統計の類《たぐ》いはあまり信用していないのです。なぜなら、数字は統計の取り方しだいでどのようにも操作できるものだからです。

アメリカでよくある、高速道路を逆走して衝突事故を起こして死んだ、などというのは、やはり自殺覚悟の暴走だろうと思います。日本でも、自殺が疑われても、本人の遺書がしっかり残されていて、家族が了承しないかぎり事故扱いになる。

身内に自殺者が出ると、いまだに世間的にさしさわりがありますから、日ごろから深いつきあいのある医師が家族に頼まれたら、心不全と死亡診断書に書くことはめずらしくありません。

つまり、数字は人を裏切らないけれども、人は数字を裏切るのです。

自民党に政権が戻ってからというもの、円安で企業業績が上向きだ、株価が上がったと、マスコミでは明るい方向の報道ばかりが目立ちました。

自殺統計も、そこに連動させようとしているのではないか、と勘ぐりたくなったほどです。

そもそも自殺者の数が三万人を切ったからといって、率としては、依然として先進国のなかでかなり高い。最近は、いじめによる中高生の自殺が話題になっていますが、若い世代の自殺者は逆に増えているのです。

自殺者の「量」より、自殺の「質」が問題になる時代なのではないでしょうか。世の中ぜんたいを俯瞰《ふかん》するマクロ統計というのも、あるていど参考にはなるものでしょう。しかし、自分が生きて行く上では、あくまで自身の実感をベースとして考えたほうがいいと思うのです。

古京荒れ、新都いまだならず

日本人はいま、宗教に深く関わるでもなく、かといって無神論やアンチ宗教の徹底した物質主義にも至っていない。

アメリカ的な民主主義と男女同権を信じてはいるが、日常生活のなかでは、いまだに封建的なしくみが色濃くある。ポップスや流行歌の歌詞ひとつとっても、男尊女卑の風潮は根強いものがあると感じます。

食べものの放射能にはよくよく気をつけるべきだ、という人もいれば、レントゲン撮影や飛行機でアメリカにいくのと大差ないという説もある。人間もごきぶりみたいな生物で、少々の汚染など遺伝子が修復してしまうから大丈夫という人もいる。

それぞれが専門家といわれる人の見解で、私たちはその只中《ただなか》にあって、どちらにも踏み出せない。

そして、日本は人口構成においても、世界の最先端を突っ走っています。ある意味では、思想的にも人口的にも、未曾有《みぞう》のゾーンに入っていかざるを得ないのです。

メディアの世界を見ても、新聞、テレビ、出版、映画、いずれも斜陽化して、下降していくのは確実です。

一人世帯が中心になり、人口が減っていけば、新聞を購読する人は減りつづけます。活字を生業《なりわい》としている編集者のなかにも、新聞はせいぜい会社で読むぐらいで、知りたい情報はネットで事足りるとしている人が多くいます。

テレビや映画が大衆娯楽の中心であった時代は去りつつあり、先が見えているという感じもする。

では、ネットや電子全盛の時代に入っていくのかと考えると、それもあやしい。

信じるか、信じないか。あらゆることで、じつに不安定な状況を生きざるをえない。

「方丈記」の一節に、

「古京はすでに荒れて、新都はいまだ成らず。ありとしある人は、皆浮雲の思ひをなせり。（中略）世の中浮き立ちて、人の心もをさまらず」

というように、古いものはどんどんすたれているのに、新しいものがとってかわるとも思えない。私たちはいま、そんな状態に置かれているのです。

ハーフでなくダブルで考える

以前、ある在日韓国人の作家から、こんな相談を受けたことがあります。

「私は父親が韓国人で母親が日本人です。自分は韓国人なのか、日本人なのか、引き裂かれた宙づりの状態にいる。いつもアイデンティティが不安定で、精神的に苦しくてしかたがないのです。いったい、どう考えたらいいのでしょう」

むかしは混血児、いまはハーフと呼ばれますが、自分がどちらの国の人間なのかという悩みは、いくら考えたところで答えが出るものではありません。

ですから私は、こんなふうに答えました。

「自分は日本人と韓国人と半分ずつ、と考えず、自分には韓国のアイデンティティもある、日本のアイデンティティもある。ハーフではなく、人の倍のアイデンティティを持っているダブル。自分はハーフ・アンド・ハーフではなくて、ダブルである、と。そう考えたらどうですか」

この時代に生きる人々の多くが、ものを考えたり、感じたり、行動したりするときの一本の線の喪失、あるいは定位置の喪失に悩まされているのは事実です。

この人も、みずからのアイデンティティを定めようとするあまり、韓国人なのか日本人なのか、左半身と右半身がばらばらに引き裂かれるような矛盾にとらわれていた。

それを、自分は二つの国の半分ずつの「ハーフ」ではなく、両方を兼ね備えた「ダブル」として存在しているのだととらえる。中途半端な宙吊りの状態を、人間のあるべき姿として、それなりに肯定していこうと考えてみるのです。

もともと人間は、考え方ひとつにしても非常に動的な存在です。何があろうと、ひとつところにとどまって変わらない、ということはあり得ません。

自力であれ他力であれ、そのあいだで揺れ動く状態を否定的にとらえるのでなく、人間はその二つのあいだを揺れ動くものであるととらえる。自分はどちら側なのだ、と頑張るのではなく、肩の力を抜いて、不安定な自分のふらつきを肯定するのです。これが「無力《むりき》」という考えの根本です。

肯定とは、もうこれでいい、とすることではなく、揺れ動く状態にあるという現状をしっかり認識することです。

「病んだ心が宗教を求める」

不安定というのは、いい換えれば、動的であるということです。そして人間は本来的に不安定なのです。

近年は健康ブームで、老いても健康であることをもてはやしますが、体の隅から隅まで、百パーセント健康な人などどこにもいません。

専門家の話では、がんはある日突然に襲ってくる病気ではないといいます。人間の体内には、毎日のように何千となくがんの萌芽《ほうが》が発生していて、それが免疫の働きによって叩かれてはまた生起してくる。

そして体の状態の悪くなったとき、様々な条件が重なったときに、その一部が勢いを得てしまう。そういう考え方です。

以前、イメージ療法というのが話題になりました。悪質ながん細胞の陣地にミサイルをばんばん撃《う》って炸裂すると、ばたばたとがん細胞が倒れていく。

それを繰り返し何度も、強くイメージするうちに免疫力が高まり、自然治癒がもたらされる。たしか、そういうものでした。

がんを敵としてイメージする戦い方は、敵味方を分ける、はっきりした自力の考え方です。けれども今は、敵味方さえ、混沌としている状態にある。

とことん細分化された最新の医学は、その人間を全体としてみるよりも、それぞれの器官ごとに病気をとらえる傾向が強くあります。

しかし、この世界はひとつの原因があって、ひとつの結果が生まれるわけではない。様々な要因が複雑に関わりあって存在している。そうした「複雑系」という考え方は、もともとは科学の世界で生まれたものですが、個人や人間社会においても通じるものだろうと思います。

たとえば、刑事裁判というのは、法律の下に有罪か無罪かを決めるものですが、人間として、どちらともいえないという場合は必ずある。何が原因で、その結果をもたらしたのか。はっきり決められないところに、宗教の存在が出てきたりします。

宗教心理学者のウィリアム・ジェームスは、「病《や》んだ心（シック・マインド）が宗教を求める」といいました。

しかし、本来すべての人間は死のキャリアであり、生まれた時から死という病のキャリアですから、その意味では病んでいない人などいない。健康な状態と病んだ状態を、ヘルシーとシックで分けてしまうのは、やはりプラグマティックな考え方だろうと思います。

仏教で「人は四百四病《しひゃくしびょう》を抱えて生まれてくる」と考えるように、またパスカルが「人は生まれながらの死刑囚」と見たように、人間はもともと病める者、死すべき者としてこの世に生まれてくるのです。

ただ、それを強く意識するかしないか、あるいは宗教をもとめるかどうかは、人によって違うでしょう。

もちろん、キリスト教が教えるような「人間には原罪がある」という感覚も、それから親鸞のいう「罪悪深重《ざいあくじんじゅう》の衆生《しゅじょう》」という感覚も、生きていく上でとても大切です。

それを意識せざるをえない時代もあれば、あまり意識しないですむ時代もある。それでも人は、かならずその方向に心が動くときがあるものなのです。

転換期こそグレイゾーンが大切

明治維新以来、日本人は長く西洋文明に盲従《もうじゅう》してきました。

戦後は主にアメリカナイズされたということですが、近年は、それに対する反省が強まっています。

だからといって、ふたたび極端に右傾化し、復古的な国粋主義と結びつくのは考えものでしょう。

しかし、いったん外国へ行くと、

「日本国民である本旅券の所持人を通路故障なく旅行させ、かつ、同人に必要な保護扶助を与えられるよう、関係の諸官に要請する」

そう書かれたパスポートを失《な》くしてしまったら、ほんとうに心細く感じるはずです。

私自身、日本国民であることの安心感があるし、日本という国を愛してもいます。

一方では、かつての敗戦と引き揚げのように、国にいわれるままにしたがい、悲惨な思いはしたくはない。どこかで、この国に対する不信感もある。

何かにつけ、人はすぐ白黒決められる、あるいは決めつけたい、という思い上がりが生まれやすいものです。

とくに最近の日本人は、黒か白か、善か悪か、きっぱり分けることが正しいと考えるようです。

テレビのコメンテーターが推定無罪の原則など無視して、早々に白黒つけようとするのも、短く、明快に、瞬時に「正解」を出さないと、メディアから声がかからないからでしょう。

しかし、人は年齢や時代によって、感じ方も考え方もちがってくるものです。

それが黒白いずれでもない、中間のグレイゾーンに生きるということです。そして時代の転換期であるほど、実はグレイゾーンに生きるしかないのです。

期待せずに何かをする

先日、テレビを見ていたら、医師が風呂の温度は四十一度が絶対に正しい、という話をしていました。けれども、四十一度というのはいったい何歳の人にとっての適温なのか。

三十歳ぐらいならもっと低くてもいいかもしれないが、年とともに体が冷えますから、

四十二、三度ないと温まった気がしないものでしょう。

さらに大学の先生が出てきて、風呂は肩までたっぷり浸かって十五分で上がるのがいい、という。ちょっと前には、半身浴がいいとか、ぬるめの湯に長く入るのがいいといっていたのに、たちまち変わってしまう。

これは効くが、あれは効かない。長寿と健康の秘訣は肉か野菜か、玄米か納豆か……氾濫《はんらん》する情報にある種の無力感を覚えつつも、みな何かをしようとする。

そこでできるのは、期待しないで物事をやる、ということでしょう。

たとえば、サプリメントなどは、目に見える効果など期待しないで飲む。私自身、昔から売られている薬用酒などを飲むこともありますが、最初からたいして期待していないのです。

これを飲んでいれば健康が保てる、とも考えないが、飲んでいれば効くかもしれない。役に立つかもしれないが、期待もしない。それぐらいでいいのだと思います。

話はかわりますが、先日、ある知人が、家族の臨終に立ち会った医者が無礼だといって怒っていました。

医者はマスクをつけていたが、赤い顔をして、お酒くさかった、不謹慎だという。

もちろん、家族にとっては臨終という厳粛な場ですから怒る気持ちはよく分かりますが、一方では、医者にも同情してしまうのです。

病院の勤務医たちはたいへんな激務ですし、彼らにも休日は必要だし、晩酌だってしたいでしょう。それでも緊急で連絡が入れば、駆けつけないわけにはいかない。

医者と僧侶にとっては緊急事態は避けられないことです。とくに檀家がどんどん減っている地方のお寺などは、誰か亡くなったらすぐに行かないと、そのうち直葬《ちょくそう》といって、病院から葬式抜きで火葬場へ運ばれてしまうことになりかねません。

病院ランキングを熱心に見る人がいますが、それほど信用できるものでしょうか。手術実績があるからといって、自分も必ずうまくいくと期待するのはちがう気がします。

よくあるのは、おおぜいの患者で繁盛するほど、その病院の医師はいそがしくて、なかなか研鑽を積む暇がないというケースです。

『免疫の意味論』を書かれた故・多田富雄さんが、医学の世界は日進月歩だから古い教科書は三年で使えなくなる、と話していましたが、それぐらい、こまめに論文を読んでおかないといけないという。

私の知り合いの医師も、朝早くから列をなす患者さんを誠心誠意、夕方まで診《み》ているともうクタクタで、筋弛緩剤のような薬を飲まないと眠れないといっていました。

人柄もよく、名医といわれる患者に評判のいい医師ほど、新しい論文を読んだり、学会に行ったりする暇がない。学会は、論文や新しい情報や治療法、新たなガイドラインが出てくる場所なのに、そういう人ほど出られない。

時には、専門医でも、一般人が何かで読んで知っているような治療法さえ知らない場合もあります。

たとえば競輪選手たちの診察医は、転倒による擦《す》り傷などは水道水で洗い、ナプキンを当てて密閉するといちばん治りが早いという。しかし、消毒してガーゼを当てるという昔ながらの処置をする医者もいます。

医者に過大な期待をし、大きな責任を負わせる一方では、やたらとセカンドオピニオンを求める患者さんもいます。

セカンドオピニオンは患者の権利だろうという人もいますが、医師にしたって人間です。基本的に信頼してもらえないなら、誠心誠意尽くす気にはならないでしょう。

先生にお任せします、よろしくお願いします、そういわれればこそ、やってやろうという気になる。深夜であろうが、力を振り絞って治療に尽くそうとなる。

それがセカンド、さらにはサードオピニオンを取りたいので資料をくれ、といわれるとしらけてしまう。それは人間の道理であり、自然な感情でしょう。

仏教の唯識《ゆいしき》が説いているように、人間の心の中には、きわめて合理的な部分もあれば、未開人のころ、いや原生動物のころから、ほとんど変わらない非論理的な意識が、そのままで存在している部分もあります。

論理的な意識を自力とすれば、深層にある非論理的な心の動きが他力というものなのかもしれません。

自力と他力のあいだを往復する

私は、他力という考え方をとても大事なものだと考えていて、法然や親鸞の思想のなかで最高の境地だろうと思います。

ただ、ほんとうの他力に到達してしまえば、すでに菩薩《ぼさつ》の位に等しいのですから、一生かかっても、なかなか行けるものではありません。

親鸞自身も「歎異抄《たんにしょう》」のなかで、

「念仏がほんとうに浄土に生まれる道なのか、それとも地獄へおちる行いなのか、わた

し は知らない」

「一日もはやく浄土へ往生したいと願うどころか、すこし体の具合が悪かったりすると、もしかして自分は死ぬのではないかとよくよく心配したりする。これも煩悩のせいだろう」

そんなふうに、弟子である唯円《ゆいえん》に言っています。

他力というものに非常に深い確信を抱きつつも、自分が全的に、確定的に、他力に没入できているわけではない。この告白には、自力と他力のあいだを揺れ動きつつ、他力を目指している人間の真実があります。

だからこそ、多くの人がそこに感動する。ある意味で、「歎異抄」の真髄はそこにあるのではないでしょうか。

日本では、仏教に関する研究書の中でも親鸞に関するものが飛びぬけて多い。その中でも「歎異抄」がとりわけ日本人の心に共感を呼び起こし、今も読み継がれてきているのは、そこに揺れ動く親鸞の生《なま》の心がにじみ出ていると感じるからにちがいないのです。

宗教者として、自分が揺れ動いていると認めるのは、危険なことかもしれません。けれど、自分はもう他力に身をまかせきっています、などと安易に口にしたり、賛美したりする人に出会うと、ほんとうにそうなのかな、と思ってしまいます。

私自身、他力こそ人間が行くべき最後の境地だろうと思っています。

しかし、だからといって自分がそこへ到達できるかどうかは、別問題です。

他力に軸足を置いているとはいえ、それでも百パーセント自分は他力の人であるとは言えません。せいぜいが、「他力に憧れている人」ぐらいのことです。

そういう自分の状態を正直に見て、自分の中にある自力の要素と、他力を憧れる気持ちとのあいだで揺れ動いている不安定な感覚。そこを「無力《むりき》」と考えるようになりました。

「五木さんは他力を信じる、それを一生懸命に目指すのだといいますが、そうすること自体が自力ではないでしょうか」

そんな意地悪な質問を受けることもあります。

でも、いわれてみればそうだな、とも思うのです。

たしかに、今日はこの仕事を何とかしようと頑張るのが自力なら、明日はなるようになるだろうと考えるのは世間でいう他力本願です。

そうやって行ったり来たりを繰り返して生きてきた気がします。

自分の力、自力によって物事が思うようになるわけではない。そのことはもう骨身に沁《し》みて納得しています。

やはり人間は、自分では選べないその時代、歴史の流れのなかで生きている。様々な事件もあれば大きな災害も起こる。自分の願ったとおりではない、現実の世界に生きているのです。

よく、人間は自立しなければいけない、といいますが、人間が真っ直ぐ立っていられるのは、重力という他力によって支えられているからでしょう。

もし重力がなければ、猛烈なスピードで自転する地球の表面から、あっという間に宇宙へ吹っ飛ばされてしまいます。

立っていようと、寝そべっていようと、四つん這《ば》いになっていようと、走っていようと、人間は重力という「第三の見えざる手」によって支えられている。どんな姿勢をとるかは自力と思っても実は他力のおかげ、いわば自力的他力なのです。

仏教ではよく、「自他一如《じたいちにょ》」といいますが、それと通じるものがあるように思います。

人は自力で生きるのか、それとも他力によって生きるのか。

相反する二つの力のいずれかではなく、私たちは自力と他力のあいだを実は分子の運動のように、往復運動を繰り返しながら動的に生きているのです。

その状態をどうとらえるか。

そこを考えていくときに「無力《むりき》」という言葉を置いてみると、妙にしっくりくる気がするのです。

第二章　ブレつづけてこそ人間と覚悟する

明恵の名歌「あかぁあかや」

鎌倉時代の名僧に、明恵《みょうえ》という人がいます。

四十年間にもおよぶ修行の観想をしるした「夢記《ゆめき》」でしられ、白洲正子さんが評伝で書かれたように、じつに面白い生き方をしている。

親鸞と同じ承安三年（一一七三）の生まれで、特定の宗派にとらわれず学問を積みながら、山の中の松林の上で座禅を組んだり、密教の修行をしたり、様々な思想上の遍歴を経て、やがて法然の念仏論にふかく共鳴します。

ところが、後日、秘伝《ひぼう》とされていた法然の「選択本願念仏集《せんちゃく》」をこっそり入手して読んだところ、他宗を誹謗し、我が宗がいかに優れているかばかり書いてあるというので激昂《げっこう》し、法然の専修《せんじゅ》念仏を批判する「摧邪輪《ざいじゃりん》」という論文を出しました。

名僧とうたわれた明恵の思想にしても、くるくる変わっているわけです。

もともと、非常に激しく揺れ動く人だったのはまちがいありません。

明恵は子どものころ、たいへんな美童だったそうです。ところがある時、これほど美しいなら、朝廷で稚児《ちご》として愛され出世できるだろう、と父親が話しているのを聞いてショックを受けた。

そこで、早くから死への恐怖を抱き仏門に入ることを願っていた明恵は、焼け火箸《ひばし》で自ら顔を焼き、醜い顔になろうとしたという話も伝わっています。

親のエゴはいかんともしがたい他力ですが、火箸で自分を傷つけようとするのは完全な自力でしょう。

そうやって誰の生涯も通してみれば、自力があり、他力のはたらきもある。

西行に和歌を教えられた明恵は、みずからも歌人として多くの和歌を残しています。

なかでも有名なのは、

あかあかやあかあかあかやあかあかや
　あかあかあかやあかあかや月

という一首です。

何ひとつ、説明的なことをいわない。物理的に明るいから素晴らしいとか、美的に美しいというわけでもない。何か感情移入しているわけでも、月という対象の霊験をうたいあげているのでもない。

これが名歌たるゆえんは、どちらにも、どこにも属していない無力《むりき》な感じにあるのだと思います。やはり明恵は、並の宗教者ではなかったようです。

青春の宗教、壮年の宗教、老年の宗教

宗教というのは、開祖の死んだ年齢に関係があるのではないか。

ふと、そう考えることがあります。たとえばイエス・キリストは三十代という若さで磔刑死《たっけいし》しました。

キリスト教は愛を説き、天国を説きます。ロマンチックな夢があり、さわやかさがある。その年代なりの情熱、清潔感、一途《いちず》な正義感のようなものが感じられます。いわば青春の宗教なのです。

ステンドグラスの光に包まれた教会で、オルガンに合わせてみんなで讃美歌を歌い、日曜学校に行って聖書を学ぶ。流行《はや》りの言葉でいうなら、キラキラしている。信仰はなくても、結婚式は教会であげたいという人が多いのもわかります。

キリスト教を青春の宗教と呼ぶなら、イスラム教は中年から壮年の宗教ではないかと思います。

六十歳ぐらいまで生きたムハンマドの教えには、多民族、多言語、多目的な、砂漠を行き交《か》う商人たちのあいだのマナーなりルールを決めているところがあります。イスラム教は厳しいとよくいわれますが、必ずしもそうではありません。

誤解されがちですが、たとえば「目には目を、歯には歯を」というのは、決して「復讐のすすめ」ではありません。被《こうむ》った害に相応のものを返す、ということです。ただし、一発殴られたら一発殴り返すのはいいが、二発はいけない。倍返しとか、怒りにまかせて半殺しにするなど許されない、と教えています。

つまり、対価を重んじているわけで、ビジネスマンの感覚に通じるところがあります。どこか実用的で、商人的な思想と思うかもしれませんが、正当なものに正当な対価を与えよ、というのはまったく正しいことでしょう。

イスラム教というと戒律がきびしくて、攻撃的な宗教のようにいわれることが多いのですが、誤解があるようです。むしろ人種的な偏見や階級差別もなく、宗教指導者やイスラム法学者がいるぐらいで、牧師や司祭のような聖職者もおかない。

そして、実社会で人間はどう生きていくべきかを具体的に教えてくれる。民族や言語がちがっても、ムハンマドの教えのとおり、正しい仕事をする限り生きていける。そういうイメージがあります。

そこへいくと仏教は、やはり老年の宗教でしょう。

ブッダは、八十歳という当時としては異常な長命でした。難行と苦行の生活をあらため、菩提樹《ぼだいじゅ》の下で悟りをひらいたのは三十五歳のころと伝えられますが、生老病死という人間の四苦、人生が苦であるという実感を得たのは、さらに高齢に達してからだったのではないでしょうか。

青春の宗教、壮年の宗教、老年の宗教というものがある。

開祖でさえも、到達した年齢なりの思想というものがある。もし、キリストが八十歳まで生きて、ブッダが三十歳ぐらいで死んでいたなら、どんな思想を残したのでしょうか。

誰でも年齢なりの思想がある

古今の作家の変転を見ていて、ときどき、この人がもしあの年まで生きていたら、と考えることがあります。

樋口一葉（享年二十四）が、瀬戸内寂聴さんのように九十歳を超えるまで壮健だったら、いったいどんな小説を書いたか。

宮沢賢治（同三十七）がもっと長生きしていたら、どういう思想なり作風になったか。

もちろん、長ければいいわけではないとして、物書きはあるていど長生きするのがいいのかもしれません。

自分自身を振り返ってみても、モスクワや北欧を舞台にした小説にはじまり、九州の炭鉱地帯を背景にして描いた長篇もあり、そしていまは『親鸞』を書いている。

はっきり言って、統一感はまるでないわけです。

小説家としてのお前の本質は、と問われても答えようがありません。

それでもどこかに、私の小説らしさというのはあるのかもしれない。自分の本質や思想などない、というのではなく、ひとことでは言えないということでしょう。

誰でも年を重ねるとともに、いいことも悪いこともあります。

ただ、エントロピーの法則にしたがい、体のシステムがあちこち衰え、いいことが少なくなっていくのは当然と受けとめるしかありません。

フランスの工芸作家エミール・ガレは、制作年代によってサインがちがうことで知られます。

親鸞はかなりの歳になるまで、驚くほど毅然とした字を書いていました。さすがに最晩年は、「もう目もかすんで字も定《さだ》かでなく」と書いているとおり、乱れて判読しにくい文字もあります。

余談ですが、むかし、金沢の文学館に私の生《なま》原稿があるというので、見てみたらまるで偽物ということがありました。

昔、エンピツで書いていたころはフラットな字、それがペンで急ぎの原稿になると右上がりになり、手紙では少し右下がり、と書体もそのときによって様々に変わっているせいもあるでしょう。

最近は、「書く」から「キーを打つ」に変わり、今は「指で触れる」時代です。

紙からパソコン、さらにスマートフォンのような携帯端末が主流になれば、電子書籍などではセンテンスを短く、改行をふやす文体が多くなるでしょう。

ネット上にはウィキペディアという便利な百科事典があります。クリックひとつで人物の経歴や思想が出てくるのは、なんとも便利なヒントではあります。ときには明らかな間違いもありますが、頼りたくなるのもわかります。

作家たちの考え方も、文体も書き方も、時代とともに変わってゆくのは当然です。

ブレない人などいるものか

「あの人は一貫性があって終始ブレない、立派なものだ」

よくそういう「ほめ言葉」を耳にしますが、それはまちがいではないか、と思います。「ブレない」のは人間にとって正常な、正しい状態ではないからです。

人間の体もときに病み、ときに病を克服し、調子のいいときもあれば、悪いときもある。揺れつづける動的でダイナミックな存在です。

そして、年齢とともに心も変わる。それが生命のありようだろうと思います。

柳田《やなぎた》國男は、民衆の生活の中に歴史というものを打ち立てようとして、民俗学を作り上げました。

最初のころは、農民を中心とする常民《じょうみん》よりも、寺や僧侶のいない土地で弔《とむら》いをして歩く毛坊主《けぼうず》や歩き巫女《みこ》、あるいは芸能の遊民など非定住民への眼差しを強く持っていた。それは南方熊楠《みなかたくまぐす》との往復書簡の中にもうかがえます。

けれども、途中でそういうものから目を逸らすようになり、非常民をわきにおいて常民の学を打ち立てていった。関心の対象がどんどん変わっていくわけですから、柳田國男の思想というのも、ひとことで言えるものではないのです。

そして誰でも、時代というものの影響を受けずには生きられません。

昭和を代表する作曲家の古賀政男は若いころ、藤山一郎の「丘を越えて」や「酒は涙か溜息《ためいき》か」などの名曲を書いていました。戦前のヒット曲です。

戦時中は、外地にいる兵隊が望郷の思いで愛唱した「誰か故郷を想《おも》わざる」があり、「そうだその意気　国民総意の歌」のような勇猛果敢な歌もあった。

敗戦後は村田英雄の「無法松の一生」、美空ひばりの「柔《やわら》」「悲しい酒」のような曲も書いています。

時代に左右される典型的なブレ方ともいえますが、そんな文化人はいくらでもいます。

同じく戦前、戦後に活躍した作曲家の高木東六《とうろく》も、戦争中には「空《そら》の神兵《しんぺい》」という落下傘部隊の歌を勇ましいメジャーキーで書いたりしている。

詩人の北原白秋や、作家の林芙美子も、戦争中は誰もが時代の空気とともに、さまざまに右往左往していました。

いまでこそ平和を説く新聞も、南京一番乗りだ、漢江陥落だ、と戦果の第一報を競い合い、読者も争うようにそれらを読んでいたものです。

最近、ベストセラーになった百田《ひゃくた》尚樹さんの小説『永遠の０《ゼロ》』を読むと、起承転結がしっかりしていて、とても面白い。よくできた長篇です。

ただ、戦争のとらえ方という点では、現実にその渦中を生きてきた世代にとっては、だいぶ感覚がちがいます。

悪いのはあくまで軍部の指導層で、兵士は家族を思い、国のために散っていった。この小説に限らず、そういうとらえかたが現在では一般的です。

それはまちがいとはいえないが、当時も今も、悪とその犠牲者がきれいに分けられるわけがない。そう思うのです。おそらく、これも時代の流れというものでしょう。

そう考えると、ブレるというのは人間のあり方として自然なことです。

物事を固定的にとらえず、時代とともにブレながら生きる、それが人間のあるべき姿ではないでしょうか。

「祇園精舎《ぎおんしょうじゃ》の鐘《かね》の声《こえ》、諸行無常《しょぎょうむじょう》の響《ひびき》あり。娑羅双樹《さらそうじゅ》の花の色、盛者必衰《じょうしゃひっすい》のことはりをあらはす。おごれる人も久しからず、只春の夜の夢のごとし」と「平家物語」がうたうように、あるいは「方丈記」に、「ゆく河の流れはたえずして、しかももとの水にあらず。よどみに浮かぶうたかたは、かつ消えかつ結びて、久しくとどまりたるためしなし」とあるように、川の流れていることは変わらないが、水そのものは変わっている。人は誰もが大河の一滴、と考えてみるのです。

永遠不変を誓った恋愛もいずれは変わっていく。友情もまた変わる。この世では、変わらないものなど何ひとつない。すべてが変転していくのです。仏教の考え方のなかでは最も大事な無常。ある意味で、この無常観という情緒的な感覚を論理的にいうと、それが「無力《むりき》」ということになるのかもしれません。

四十代ぐらいでは考えもしなかったことを、八十歳を過ぎて考える。それもまた当然のことです。

先日、九十二歳で亡くなられた安岡章太郎さんがカトリックの洗礼を受けられたのは、七十歳の少し前だったそうです。土佐に自《みず》らのルーツをたずねた『流離譚《りゅうりたん》』を書かれた後のことです。

安岡さんの訃報《ふほう》を聞いて、ふと思い出したのはその歌声でした。安岡さんは、私がまだ駆け出しのころ、何度か銀座のバーに連れていってくれました。歌が好きで、アコーディオンの伴奏で、「パリ祭」というシャンソンをジェスチャー入りで披露してくださったものです。

当時、文壇で歌というと、安岡さんのフランス語のシャンソン、三浦哲郎さんの「船頭小唄」、それから中上健次さんの歌声も忘れることができません。

それらの人びともすでになく、大島渚さん、小沢昭一さんも亡くなられた。

動き続ける人間たちがいて、時代はやはり移り流れてゆくのです。

賞味期限六十年・有効期限百年

たえることのない世の変転のなかで生きていく自分は、どうすればいいのか。

何であれ、人は自分が憧れる、頼れる軸のようなものを求めるのだと思います。それが「力」や自己啓発のブームにもつながっています。

ただ、世の中がどんどん動いているのに、自分はさまよい、揺れてばかりで不安だとは感じないほうがいいと思うのです。

人生は揺れ動く。白黒なんかつけられない。

それでは納得いかないとしても、自分のなかにも、常に愛憎相半《あいぞうあいなか》ばするものがあることは、考えれば誰でもわかるのではないでしょうか。

「悲しきかな愚禿鸞《ぐとくらん》、愛欲の広海《こうかい》に沈没《ちんもつ》し、名利《みょうり》の大山《たいせん》に迷惑して定聚《じょうじゅ》の数に入ることを喜ばず、真証の証《さとり》に近づくことを快《たの》しまざることを。恥づべし、傷《いた》むべし」

——そう親鸞は書いています。愚かな自分は愛欲や名誉に惹かれる気持ちがあり、しかしそれに惹かれてはいけないと思う気持ちもある。悲しく、恥ずかしいことだというのです。

けれども、ひたすら精進潔斎《しょうじんけっさい》して、断食して戒律を守るだけでは片側に生きていることではないか。だから、そうはしないというのが、法然、親鸞の系譜なのではないでしょうか。

肉食妻帯《にくじきさいたい》をはじめ、破戒をあまり恥じない。徹底して戒律を守ることをしないから、日本の仏教というのは宗教ではない。そういうきびしい見方をする人もいます。

しかし、それは自然を征服すべきもの、人間の敵であると考える風土からの批判かもしれません。

自然を「しぜん」と呼ぶか、「じねん」と呼ぶか。

自然《じねん》というのは自然《しぜん》とは違うけれども、おのれの中にその自然《しぜん》を見出すというのが、自然《じねん》という考え方ではないでしょうか。

私自身、他力に非常に共鳴する人間ですが、それでも自力のほうにブレたり、他力を忘れたりすることはしょっちゅうです。しかし、それをもって思想的統一がなくて駄目だ、という考えは持たないようにしています。

人間は生まれながらにして健康で、それが年を重ね、加齢とともに老化が起き、やがて病を得て死に至る。

そういう時間を直線的に考える、欧米的な考え方もあるでしょう。

けれども、現実としてあらゆる人間は、どんなに長くても百二十年ぐらいまでのあいだには必ず死ぬ。

生を受けたその瞬間に、賞味期限六十年・有効期限百年、みたいなマークを首筋にペタンと押されて生まれてくるのです。

最近はＨＩＶのキャリアであっても、様々な新薬によって発症しない場合が多くなってきたといいます。でも、だからといって人間の死が発症しないわけではない。

生は死をはらんでいて、死は生のひとつの証明でもある。

そもそも仏教の考え方は、自と他、生と死を区切ったり、分けたりはしません。

自力か、他力か。考え方は両方あっても、現実はブレながら動くのだという認識を持っていることが、この時代に非常に大事なことなのだと思うのです。

第三章　悩みの天才・親鸞という生き方

揺れ動く親鸞の思想

このところ足かけ五年、新聞紙上で書きついでいる小説『親鸞』に関するインタビューでよく聞かれるのが、

「親鸞の思想とは、どういうものですか？」

という質問です。

「それは、何歳ぐらいの時の親鸞の思想でしょう？」

私はいつもそう聞き返すことになります。

つまり、二十歳ぐらいで、比叡山で修行しているときなのか。二十九歳で聖徳太子の示現《じげん》を得て、山を下り、法然の念仏門に入る決心をしたときなのか。

それとも弾圧をうけて三十代半ばで越後へ流され、そこではじめて上方《かみがた》弁ではない辺

境の言葉にふれながら、現実の生産労働に対面しているときの思想なのか。

京と越後とでは気候もまるでちがいます。雪は歌に詠《よ》まれるような風情《ふぜい》ある美しいものではなく、生活に災厄をもたらす敵ともなる。厳しい自然のなかで暮らしていれば、認識ひとつとっても変わっていくのが人間というものです。

恵《え》信尼《しんに》と結婚し、子どももうけた親鸞は四十二歳で流罪《るざい》をとかれ、今度は遠く関東へ赴《おもむ》きます。

筑波山のふもと常陸《ひたち》での二十年におよぶ布教のかたわら、親鸞は「教行信証」の草稿を書きついでいる。おそらくそのころ、大きな精神的な転機があったはずです。

生涯の師、法然は、「痴愚《ちぐ》に帰れ」ということをいっている。つまり、それまで蓄積してきた知識や学問をすべて捨てて阿呆《あほう》になれ、馬鹿になれ、というのです。

あらゆる経典をあたうかぎり渉猟《しょうりょう》し、その中から真に大事なものを選《え》りだしていくという きわめて学問的な営為のなかで、彼は常に法然の言葉を噛みしめていたはずです。

親鸞は六十歳を過ぎてから、関東での布教の現場を離れ、ふたたび京へ移り住み、七十代半ばにしてようやく「教行信証」を完成させました。

範宴《はんえん》、綽空《しゃくくう》、善信《ぜんしん》など、親鸞は齢を重ねるとともに名前もたびたび変わっていて、その思想的遍歴も、大きく分けて五つぐらいある。さらにその区切りの中においても、その時その時で、人間として大きく揺れ動いているだろうと思います。

「非僧非俗」の「愚禿」とは

私は、親鸞という人は、悩み方の天才だと思うことがあります。

悩みに悩み抜く。そしてあれだけ深く大きく悩むことは、常人にはできないという感じがする。

ですから親鸞が自分のことを悪人と規定して、悪人でも救われるというとき、私たちはなかなか親鸞のいうほど悪に徹することはできないという気がしてなりません。

悪を自覚すること、その罪業《ざいごう》感の深さにおいて、彼は天才であった。それに比べたら、われわれはせいぜい小悪党《こあくとう》が限界です。

なぜ日本人は親鸞に魅《ひ》かれるのか。

それは、仰ぎ見るような隔絶感ゆえかもしれません。

親鸞がいった「非僧非俗」を、半分は僧侶で半分は俗人でいるとか、身は俗世間にいても心は僧である、という意味に解釈する人が多いようです。

しかし、半僧半俗ではなく、非僧非俗なのですから、僧にもあらず、俗にもあらず、どちらでもない第三の場所にいるということだろうと私は思います。

では、第三の場所とはどこを指すのか。

それは、俗世間よりもさらに下のことではないか。世間からも疎外されている世界。俗というのは、柳田國男のいう常民のことです。常民とは、その土地で働いている普通の農民を中心とする、いわゆる俗世間の普通の人々のこと。英語でいうところのシチズンです。

ローマ帝国では、大多数の常民、シチズンの生活を、奴隷制度が支えていました。ローマほど鮮明ではなかったにせよ、日本でも古くから「下人《げにん》」という制度があり、さらに賤民《せんみん》視される民の存在がありました。

民俗学者の赤坂憲雄さんは、『内なる他者のフォークロア』のなかで、彼らには畑を耕す常民に憧れる眼差《まなざ》しがあったということを書いておられた。

その人たちは身分制に入らない非常民、いわばアウトカーストです。

古代律令制度のもとでは、領民のことを国の宝、すなわち大御宝《おおみたから》と呼び、農民を高い位置に、その下に工商を置いていました。

親鸞の立っている非僧非俗という場所は、人の上に優越するような冠位を持った僧でもなく、普通の領民でもない、要するに枠の外にある非常民の立場になります。

親鸞は自分を「愚禿《ぐとく》」、と称していることはよく知られています。それをもって文字通り、頭を丸めた「はげ」坊主のことだと解釈する人がいますが、そうではありません。かつては農民から商人、職人にいたるまで、伸びた髪の毛を結《ゆ》うのが常民としてのマナーでした。それが、自分は世の中の一員なのだという証しだったのです。

ですから、博打《ばくち》で身ぐるみ剝《は》がされ、フンドシひとつで道端に放り出されたとしても、結った髷《まげ》だけはそのままにされた。

それが、この世の一定の臨界から降りてはいない、という意味でした。

もともと禿《とく》という字は「はげ」ではなく、ざんばら髪のことを指します。

当時の絵巻物を読んでも、禿は「かぶろ」という子どもの髪型にはじまり、大人になった後は、馬借《ばしゃく》や車借、遊芸人、無頼の徒、刑の執行人や火葬人など、賤業とされていた人々のシンボルが、この禿頭《かぶろあたま》でした。親鸞のいう「愚禿」の「禿」も、これを指しているのでしょう。

親鸞がざんばら髪で、自らを「愚禿」と称したのは、自分は士農工商の枠の外にいるのだ、という宣言なのだと私は勝手に考えています。

頭を剃ってしまえば僧になるということだし、といって髷を結えば俗人すなわち常民になる。そのどちらでもない、「非僧非俗の非常民」の位置に自分を置いた。そういう意味では、禿という宣言は、肉食妻帯した以上に、革命的な思想だったともいえます。

学者や研究者には親鸞を聖人視する傾向があって、この説をなかなか認めてもらえませんが、そう考えるほうが自然ではないかと思うのです。

「異安心」と『邪宗門』のあいだ

浄土真宗では、宗祖である親鸞とはちがう思想上の異端を「異安心《いあんじん》」といいます。そうした思想を厳しく排除してきたという歴史があります。

しかし、私はもともと揺れ動く人間の思想なのだから、それを厳しく断罪するなど不可能だろうと思うことがある。

たとえば東北の隠《かく》し念仏というのは、いわば仏教における無教会派みたいなもので、特別な司祭役を置かない。非僧非俗なのだから、職業僧侶は必要ないという考え方です。

農業なり商業なり、御布施ではなく自分の生業で生きている人が、行事の時だけ出ていって、祭祀を司《つかさど》り、先生と呼ばれる。先生はそれで何か報酬をもらうわけではなく、せいぜいお供えの果物や菓子を包んでもらうぐらいだという。

確か、野間宏さんの父がこうした無教会派の真宗の人だったと聞いたことがありますが、こういうのはキリスト教にもあります。

高橋和巳《かずみ》さんの『邪宗門』には、正統が正統でいられるのも異端の存在が正統に光を照り返すからこそではないのか、という思いが感じられます。

「歎異抄」というタイトルには、歎異すなわち異端の存在、親鸞の正しい思想を曲げている者たちがいるのは何という嘆かわしいこと、という意味がこめられている。

しかし、読む側の立場になってみると、その親鸞の思想を歪める人たちの存在が、逆に親鸞の思想の正統性を照らし返している、という感覚があるのです。

歎は「なげく」ということですが、讃歎《さんたん》（深く感心してほめる）という表現もあります。

宗教というものも、異端が存在しなければ正統もまた存在しない。

だとすれば、宗教もそして人間も異端と正統のあいだを揺れ動きつつあるものでしょう。

親鸞さえも、右へ左へと揺れ動いていた。織田信長はキリスト教に憧れたこともあれば、弾圧した時期もある。徳川家康にしても深謀遠慮の落ち着いた人に見えて、やはり強大な武力でもって乱暴なことをしていたりする。

聖人も偉人も英雄も、あらゆる人がそうなのだから、人間をひとつのパターンに押しこめてみるべきではない。

ブレたり揺れたりする、そのこと自体を否定してはいけないだろうと私は思います。

「歎異抄」は、明治になって清沢満之《きよざわまんし》や近角常観《ちかずみじょうかん》らが発掘して世間に広めた、というのが通説になっています。

けれど、もともとは蓮如が本願寺の物置の蔵のなかでバラバラになっているのを見つけ出し、前後のつじつまが合うようにして編集、書写したものです。ですから「歎異抄」の原本というのはなくて、今に伝わるのはすべて蓮如本の複製といっていい。

蓮如は奥付に、「宿善《しゅくぜん》の機無き者は左右《そう》なく見せることかなわず」と記しています。これは当時の秘伝書のスタイルです。法然の「選択本願念仏集」にも同じように、読んだ者は「庶幾《こひねが》はくは一たび高覧《こうらん》を経て後に、壁の底に埋めて窓の前に遺《のこ》すことなかれ」と書いてある。

しかし実際には、教団では門徒にすすめなくても、「歎異抄」は徳川時代から読まれていて、研究書もあります。

国民的に読まれるようになったのは、清沢満之の支持だけではなく、暁烏敏《あけがらすはや》の『歎異抄講話』という本が大ベストセラーになってからでした。

暁烏敏は異安心や女性の問題などスキャンダルの多い人で、なんとなく日蔭の身にされていますが、やさしく平易に書かれたこの本は、若い人たちに熱狂的に読まれたのです。

臨終を待たずして往生する

人間は、阿弥陀仏の大きな慈悲の力に身をまかせなさい。その状態が「自然法爾《じねんほうに》」である。他力宗はそう教えます。

親鸞はそこからさらに一歩踏み込んで、極度に尖鋭化《せんえいか》した域に達したといわれます。その思想は絶対他力とか純粋他力とも呼ばれています。しかし、私は自力でも、他力でもない無力《むりき》の境地こそが自然法爾という、到達点ではないかと思うときがある。自然法爾というのは、九十歳にもなろうという人間の思想です。

こういういい方をすると、作家の想像で何をいうか、浄土真宗では他力こそが絶対の教えではないか、という反発や批判が湧きおこるかもしれません。

しかし、不磨《ふま》の大典であるかのように「他力しかありえない」と考えるのではなく、「もう自も他もない」という境地はあるのではないでしょうか。

親鸞は、往還《おうげん》、すなわち往相《おうそう》と還相《げんそう》ということを語っています。

人間は死んで骨になって、浄土へ行ってみなに迎えられて往生する。そこで修行して仏となってまたこの世に還ってくる、そういう解釈の仕方もあります。

しかし、親鸞には現生往生《げんしょうおうじょう》の思想、人は臨終を待たずして往生できるのだ、という感覚がある。生きながらにして、この穢土《えど》と浄土を往還するという考えです。

遠く関東へ居を移し、師の法然の思想からさらに一歩進んだのは、そのあたりだろうと私は思います。

第四章　幻想的な認識にすがらず、明らかに究める

庶民にとって「明治は暗かった」

文明開化の希望にあふれ、国家と国民が一体となって近代化を進めていった、輝かしい時代。一般的に、明治という時代のイメージはそういうことになっています。日露戦争の英雄や正岡子規など、当時の青年群像を描いた司馬遼太郎さんの小説『坂の上の雲』の影響もあるでしょう。

しかし、島本久恵《しまもとひさえ》という女流作家は『明治の女性たち』のなかで、

「明治は暗い時代であった。その前の慶応も元治《げんじ》も文久もみな暗かったが、それは夜の明けぬ前の暗さで、明治の暗さは夜が明けてからの昏《くら》さであった」

と書いている。

女性の立場では、そうとしか映らなかったということです。

富国強兵といえば勇ましいが、農村では徴兵を逃れるためにみんな非常に苦慮していた。農家の長男は徴兵されないが、次男や三男は赤紙《あかがみ》が来たら行かなければならない。国のためとはいいながら、本心ではやっぱり誰も行きたくない。農村の貴重な労働力をうばわれ、死んだり、怪我して帰ってこられても困るわけです。

ですから、どこそこの神社にはくじ逃れの御利益があるというのでえらく繁盛したとかいう話もあったそうです。牛や馬まで徴用され、人まで徴発されてはかなわない。そんな思いとくじ逃れを神様に祈るしかないという現実、それも明治という時代の一断面だったのではないでしょうか。

日清戦争があり、日露戦争があり、国家としては列強の仲間入りをした。しかし、庶民にとっては一面、暗い時代でもあった。

そう考えると、明治という時代に対する印象もだいぶ変わってきます。

一九五〇年代から七〇年代にかけて高度経済成長の当時、若い経済人たちのあいだには、日本は昭和において明治を追体験しているのだ、という高揚感がありました。今でもその時代を日本のピークのように言う人もいます。

しかし他方では、公害もあれば、集団就職がもたらす核家族化の問題などもあった。

決して明るい面ばかりではありませんでした。人によって受け止め方は違うものです。

深まる無力感におぼれない

今は、ありとあらゆることで意見の相剋《そうこく》がある時代です。かつて一応はあったような社会の構造とか、よって立つ思想がない。カオス（混沌）といってもいいぐらいです。

このまま国債を増発していけば日本の財政は破綻するという人がいる一方で、財政破綻したとしても日本人の資産、国の財産は圧倒的にあるから心配いらないという人もいる。

悪の象徴のようにいわれた円高も、資源を大量に輸入している国にとってはいいという説があり、製造業など輸出産業がもうかるから円安がいいという説もある。

インフレは是か非か、社会保障のための増税は是か非か。それも両方あります。

原子力発電は発電コストが一番安いが、もし事故が起きた時の補償リスクを換算すると高くつくという計算もある。

そういう中で、我こそが正しいといって政党が乱立した二〇一二年暮れの総選挙での投票率の低さというのは、まさに無力感の表れだろうと思います。

何をやっても無駄だ、世の中なるようにしかならない、逆らってもしょうがない。そういう無力感が深まっています。

だからこそ、無力《むりょく》を無《む》力《りき》のエネルギーに転じていくことはできないか。そのことを考えてみるといいのではないかと思うのです。

選挙でいえば、別に自分が揺れ動くことを恥じないで、投票に行けばいい。前回は民主党で今回は自民党でも、あるいは共産党でも別にかまいません。

その時その時、時代というものは動いてゆくものです。

ですから、共産主義や社会主義が、自由経済を阻害する要因になることもあるでしょうが、もしかしたら共産党がファシズムの歯止めになる時代が来るかもしれない。

黒か白か、有罪か無罪か、健康な人か病者か、迷信か科学か。そういう二分法の考え方から、まず身をひいて離れたほうがいいという気がします。

尖閣諸島や竹島の問題にしても、単純に二つに分けてしまわない。

どちらも日本の国土であってほしいという気持ちはあっても、単純に国粋的な立場から領土保全を叫ぶということでもない。

お互いに逆のことをいい合い、事態が揺れ動いているなかで簡単に結論を出さないほうがいいし、出すべきでないだろうと私は考えています。

けれども今は、自分たちはこう思いたい、という幻想的な認識のなかで色々なことが動きつつある。

本来、人間は時に右へ、時には左へと揺れ動いていくものなのに、その認識を欠いたまま、どちらかに落ち着きたがっているような気がしてなりません。

講演会がさまがわり

このところ、小説家の私に対してまったく畑ちがいの業界から、やたらと講演の依頼が多いのでとまどっています。栄養のある旨《うま》いものを食い過ぎた後に、搾菜《ザーサイ》なんかをちょいとつまんで口直しをする、といった感じなのでしょうか。

昔は、講演といえば地方都市の文化講演会みたいなものが主でしたが、自治体も予算がないせいか、文化にお金をかけられなくなっているのか、めっきり少なくなってきました。

それに代わって医学界、証券や銀行など金融関係、ＩＴやマスコミといった情報関係など、常にアンテナを張りめぐらせているというのか、ある種の危機意識を濃厚に持っている業界からの依頼が多くなってきたのです。

先日も帝国ホテルで「新春全国経営者大会」という大きな講演会があって、プログラムをみると、そうそうたる名前が並んでいる。

小泉純一郎元総理や、櫻井よしこさん、評論家の大前研一さんなど、演題も見事に格調正しき正論で、三文文士《さんもんぶんし》のこちらは身がすくむ思いがしました。

とりあえず、いま、もっとも勉強の意欲が旺盛なのは、世の経営者といわれる人たちかもしれません。いろいろ大変なのだな、そう思わざるを得なかったのは、ある経営者の集まりで、こんな話を聞かされた時でした。

「昔は経営者といったら、組合対策に頭を使っていればよかった。

それが最近は、管理職や社員たちの万引きやら痴漢やら、考えられないような事件で毎日のように対応に追われている。

専門家にすすめられてメンタルヘルス講習もひらいてみましたが、ほとんど効果がない。

そこで、いっそ反面教師というのは失礼ですが、五木さんのような人を呼んで、迂遠《うえん》な話でも聞かせたらいいかもしれない。そんな意見が役員会で出て、お招きしたしだいで――」

経営者も勤め人もたいへんなのだな、そう感じたものです。

優柔不断の動的人生のすすめ

シャープやパナソニック、あるいは電通のような日本を代表する企業でさえ、人員整理の話がきかれます。すでに一流企業というブランドでは安心できない時代です。

年功序列がなくなり、どれだけ頑張っても業績しだいではいつ自分が解雇されるかしれない。窓際に追いやられ、自分から身を引かざるを得ない羽目になるかもしれない。

そういう無力感は、サラリーマンには皆あるはずです。

一生同じ勤め先にいられることもめったにない状況で、世の中に決まったレールなどなくなったといいながら、自分の子どもの教育となると、やはりお受験をさせ、いい学校に入れ、いい勤め先を、と願っている。

人間の一生は測《はか》りうべからざるもので、決まったレールの上をまっすぐ進んでいくようなことはありえません。

人生はつねに無常で何が起こるかわからない。

そのような考え方を虚無的だと思う人もいるかもしれません。しかし、「明日のことはわからない」ということをわかっている人は、「明日のことなどわかっている」という人より、五割ぐらいはマシだと思います。

実際、わからない自分の未来を無理にわかるというより、どうなるかわからないと曖昧に考えているほうが正しいのではないでしょうか。

明日のことさえ、誰にもわからない。その覚悟を持つことが大事なのではないか。わからないから自堕落《じだらく》に生きようというのでなく、わからないと覚悟しながら、精一杯生きていく。

そして、その時その時の判断で、黒白を簡単に片方に決めてしまわないこと。

これは、優柔不断の生き方のすすめです。あるいはそうやってブレながら動いていくこと。いわば動的人生のすすめ、というものかもしれません。

私も、かれこれ半世紀近く文筆の世界で仕事してきました。振り返って思うのは、フラフラ揺れながら何となくバランスを保って生きてきたということです。

たとえば健康についても、私は専門書も民間医学のような本も一生懸命読んで勉強するほうです。

西洋医学や東洋医学だけでなく、イスラムの医学者で「治癒の書」を著《あらわ》したイブン・シーナー、「内観法《ないかんほう》」をはじめ様々な養生の方法を説いた白隠《はくいん》禅師など、手当たりしだいといっていいぐらいかじってみました。

しかし様々な知識はあっても、やはり最終的には、自分の体験と実感を大事にしている。これまた動的というか、混沌としていながらバランスをとっている状態です。

なにごとにも流行と盛衰がある

『大往生したけりゃ医療とかかわるな』を書かれた中村仁一さんは、医学生のころ、上は160が高血圧の基準と習ったそうです。

それがいつの間にか145から140になり、いまは125という説まで出てきたという。これじゃ日本人の大半が高血圧になってしまう、とあきれていました。

でも、人によっては「よし、やるぞ」と思って血圧をあげないと仕事ができないという人もある。メタボリック症候群もそうですが、年齢や個人差によって数値が異なるのは当り前なのに、ひとつの数値で正常と異常を仕分けようとするのはまちがいです。

中村さんは老人ホームの付属診療所の医師として、数え切れない死を看取ってきた方ですが、かつて老人医療は医者の世界では最下層あつかいだった、と言っておられた。同じような話は、『鬱《うつ》の力』という本で香山リカさんと対談したときにもうかがいました。最近まで、精神科医なんて、医者の世界では医者として認めてもらえなかったと。

それがいまや、どちらも大繁盛というか、世の中の重要な分野となっている。

美容やファッションに流行があるように、思想だって戦後の実存主義からポストモダンまで様々ありました。同じように、医学の世界にも流行があるのです。

一九六〇年代後半のヒッピー文化全盛時には、ジャック・ケルアックの『オン・ザ・ロード』を携《たずさ》えて放浪するのがファッションだった時期がある。

しかし最近の若い人たちには、湘南の海辺をドライブするより、家でのんびりネットやゲームでもしたいという人も多いようです。

先日、ある新聞記者に「五木さん、まだ三つボタンの背広着ているんですか」といわれて愕然《がくぜん》としました。

私は若いころからずっと三つボタンのジャケットを着てきました。流行とは関係なくです。そしていつからか三つボタンが普通になってきていたのですが、最近よく見ていますと、テレビの司会者は二つボタンばかりです。

『週刊朝日』でファッション評論家のドン小西さんが、安倍首相のファッションを批評して、「まだ三つボタンの背広ですか」と揶揄《やゆ》しているのを読みましたが、流行はびっくりするほど早く変わるものです。

ちなみに、心療内科の最近のトレンドは多薬大量投与だといいます。

多薬大量投与はすぐに効き目が現われますが、心の治療でいちばん大事なことは患者の話をじっくり聞く、やはり問診ではないかと思います。

現代は、毎日ふつうに新聞を読むだけでも、胸を痛めるようなニュースであふれています。心がきれいでやさしい人、繊細な人ほど、つらくなる。

「衆生《しゆじよう》病むがゆえに、我もまた病む」といいますが、そこでため息ばかり出るのも人間らしさの証で、いまは「ちょっと鬱」ぐらいの状態が正しい。鬱にもならず常に明朗活発、というほうが人としてどうかしているのかもしれない。

私は、本質的に無気力な人は鬱にはならないと思います。

もともと「鬱」の背景には、「憂」という外へ向けられる感情と、「愁」という人間の実存を感じるときに起きる、なんともいえない感情があります。

ですから、「鬱勃《うつぼつ》たる野心」というとき、そこにはエネルギッシュな意味だけではなく、ノスタルジーやメランコリーもふくまれる。それが、いたしかたなく出口をふさがれている状態だろうと思うのです。

曖昧であることを受けとめる

超少子高齢化の時代が、少なくとも今後何十年か続くことは避けられません。子どもと若者が減り、現役で働く世代が細り、おおぜいの老人が認知症になり、人工呼吸器や胃ろうのような延命医療を受け、しかし全体としては人口が減る。日本の人口は二〇六〇年ごろには、現在の三分の二の八千万人台まで減り、それから増加に転じるだろうといわれていますが、それもわかりません。おそらく、少子化には人為的な解決策などない。国力がおとろえるのは、ごく自然なことです。

否応なしに、「力」で生きていくことのできない世代がどんどん膨らんでくる。エネルギッシュに仕事をすることはのぞめず、身体的にも機敏には動けない。強靭な力を発揮しようがない。

ただ、生きる上での知恵や覚悟というか、体験や経験の豊かな人たちがこれから先は増えてきます。

統計やグラフで、キノコみたいな形をした日本の人口予測図をよく目にします。数値だけ見ていたら、経済も暮らしも、じつに暗い将来イメージかもしれません。

でも繰り返し言っているように、下山する時代、坂を下っている状態を否定して嘆くのではなく、逆にそこに生きる人間の喜びや知恵、そういう余裕があっていい時期だろうとも思うのです。

時代というのは、必ず、上昇と下降を繰り返していきます。

十六世紀から十七世紀にかけて、ポルトガルやスペインは世界に冠たる大国でした。しかし、ラテンアメリカに対して、どれだけのひどいことを重ねてきたのか。奴隷貿易、香辛料といいながら実際には金や麻薬の取引だったり、病気を持ちこんだり……当時を冷静に振り返ったなら、恥ずかしくて死にたくなるほどでしょう。

そう考えると、ポルトガルもスペインも、ほんとうは峠を越えて、下山していく時代が幸せだったのではないか。無敵艦隊を誇って侵略を繰り返していた時代より、もっと人間らしく、悠々としていた時期だったのかもしれません。

全体の趨勢《すうせい》としては山を下りていく、下降していく時代。

大切なのは、そのなかで、どのようによく下降していくか、ということです。「登山」は登って終わりではなく、下界までたどりついてはじめて成功します。登頂だけでなく、それまでの知識と経験を生かしながら、安全かつ優雅に山を下ることが、人間にとっても国や社会にとっても大切なのです。

下山の時代には、ひたすら上を目指して競争している間は、気がつかなかったことが見えてくるはずです。

無責任に聞こえるかもしれませんが、人口の問題にしても社会学的な関心の面でも、日本は世界から非常に注目されているといいます。

もう少しすると、一人っ子政策できた中国も高齢化が急速に進んでくる。ものすごく成功した時代があり、やがて衰退期に入り、これからの難局を日本はどうやって乗り切るのだろうか、という関心です。

誰しも生まれてくる時代も場所も、自分で選ぶことはできません。

だからこそ、今がどういう時代で、どういう場所で生きているのか、人間が自分の足で歩き出すには、現状を認識するということが最初の一歩です。

まず、現実を「あきらめる」。この場合の「あきらめる」とは投げ捨ててしまうとはとらえない。

「明《あき》らかに究《きわ》める」ということ。

きびしい現実を知って無力感に陥《おちい》るのではなくて、つらいことであれ、曖昧なことであれ、はっきりとそれを受け止める。曖昧なら、曖昧だということを受け止める。

一人一人が、そうして無力《むりき》の第一歩をふみだすことです。

第五章　慈悲の心で苦を癒やせるか

悲しい時には悲しい歌を

ある沖縄のバンドが老人施設の慰問に行ったとき、彼らは最初、かわいそうな人たちだから、明るく元気な曲を演奏しなくては、と考えたそうです。

ところが、演奏途中で一人の老人が立ち上がり、こう言いました。

「もういいからやめてくれ。私たちは毎日、悲しい日々を送っているんだぞ。悲しい人間は悲しい歌を聞きたいものなんだ。それがわからないのか」

そういわれて、びっくりし、あらためて悲しく切《せつ》ない歌を歌ったところ、次第に一体感が生まれ、その後はとてもうまくいったそうです。

ときには「三百六十五歩のマーチ」みたいな、元気の出る歌も聞きたいかもしれないが、悲しい人は悲しい歌を聞きたい。それは、よくわかります。

自分の悲しみを語ることはできない。他人と分かち合うのは非常に難しいことです。だからこそ、悲しいときには悲しく切ない歌を歌うことで自ら慰める。

国文科の教師だった私の父の本棚には賀茂真淵《かものまぶち》、平田篤胤《ひらたあつたね》、本居宣長《もとおりのりなが》などの本がたくさん並んでいました。師範時代から剣道をやっていた父は、毎日、私に「古事記」や「日本書紀」の素読をさせたあと、木刀で素振りをさせるのが日課でした。

そんな父親に対する反発から、戦後そのあたりの本はあえて読まずにきました。けれど、少し前にたまたま必要があって、本居宣長の歌論「石上私淑言《いそのかみのささめごと》」を読んでいたら、こんな意味のことが書いてある。

「悲しい時には、自分は今悲しんでいるということを自分にいい聞かせ、悲しいと思え。声にも出して悲しいと言え、人にも語れ。そして天に向かって大きな声で、自分はいま悲しい、恨みもすると言え。そういう恨み声が歌となる」

これには、非常に共感するところがありました。

悲しみを体の奥に隠して、それをじっと直視している限り、悲しみはその人の胸の中に生涯居すわって、悲しみから逃れることはできない。

だから、自分は今こんなことで悲しんでいると声に出していい、人にも伝え、大声でそれを叫ぶことで、自分の中の悲しみを客体化することができるという。

客体化されているものは、乗り越えることができる。

たしかにそのとおりではないでしょうか。

ですから、カラオケでも悲しい歌を歌っている人は、どこかで心の悲しみを見つめ、宣長のいう、恨み声を発しているのだと思います。

そうしてみずからを慰め、それでまた次の日も生きていけると思えるなら、流行歌はやはり切なくて悲しいほうがいい。私はそう思うのです。

被災地でのカウンセリング

今でも思い出しますが、阪神淡路大震災のおり、田辺聖子さんがこんな話をされていました。

家が倒壊して子どもを失くした母親が、小学校に避難していた。嘆き悲しんでいる母親のところにテレビの若い女性レポーターがやってきて、さんざん無神経な質問をしたあげく、「じゃあ頑張ってくださいね」といって颯爽《さっそう》と立ち去ったという。

「頑張ってください、なんてよくいうよ。もしもあのお母さんに、ここで私が頑張ったら、亡くなった子どもが返ってくるんですか、と聞かれたら何と答えたでしょうね」

田辺さんの気持ちはよくわかります。頑張ってください、という言葉は、いってはならないときもあるのです。

人間には、その言葉が意味をなさないことがある。

頑張れといわれても、もういいです、ほっておいてください、そういうときがあります。

励ましは、たしかに人間にとって必要なことですが、どれだけ痛みを分《わ》かち合おうとしても、人の痛みはその人だけのものであって、決して誰かに分かち与えるものではないのです。

そういわれると、無力感をおぼえるかもしれません。

しかし、だからこそ頑張れと言葉にするのではなく、心で大きな深いため息をつく。

それでしか共感できない痛みというのがある。

東日本大震災からしばらくして、大勢のカウンセラーが被災地に向かいました。

その善意を否定するつもりはありませんが、人生経験の少ない若い人が少し講習を受けたぐらいで、被災者の心をケアするのは、どこか無理があるのではないかという気がするのです。

一応のマニュアルが用意されていても、心のケアなどというものは一朝一夕にできるものではない。

アメリカから持ち込まれた新しい心理学にもとづく学問的対処ではなく、本来は、宗教家がはたすべき役目かもしれません。

実際、私は東北のある被災者から、「心のケアはもういやなのです」という話を聞かされたことがあります。

要するに、カウンセラーに徹底的に話をさせられてうんざりだというのです。

カウンセリングの基本は、自分が言って聞かせるのではなく、相手の聞き役に徹しなさい、ということになっています。これもカウンセリングのマニュアルです。

しかし、もともと東北の人たちは口が重くて、自分からは身の上話もしたがらない。

そこに、さぞお困りだったでしょう、今つらいことは何ですか、兄弟は何人でその人とはどういう関係ですか、というぐあいに根掘《ねほ》り葉掘《はほ》り聞かれたら、いやになるのもしかたがない。

聞き手はできるだけ長くしゃべらせて答えを引き出そうと、マニュアルどおりに相槌《あいづち》を打ち、謙虚に聞こうとしていても、相手が口を開かなければ、尋ねつづけるしかなくなってしまいます。

その辺は、一つ聞いたら百も返ってくるようなアメリカ人とは根本的にちがう。マニュアルを学んだからといって、マニュアルどおりに人間の心を開くことはできないし、そもそも他人の悩みを解決などできるのか、という絶望感が私にはあります。

マイトリーとカルナー

仏教でいう慈悲という感覚には、サンスクリット語でいうマイトリー（慈）とカルナー（悲）の二つがあります。

慈悲という言葉の「慈」はいつくしむとか、はげますとか、ヒューマニスティックなものです。けれども「悲」は、辞書を引いてもよく分からない。

そもそも「慈」という感覚は、どのように生まれてきたのでしょうか。

人間ははじめ家族で生きていて、部族を作り、集団で暮らすようになった。やがて河口に都市ができ、何万、何十万という人たちが同じ土地に住むようになる。

すると言語、習慣、風俗がちがう、血縁のまったくない都市生活者、シチズンが生まれてくる。

都市がまとまるには、原初的な血のつながりに代わる絆が必要になります。そこで生まれてくるのが「慈」という、ひとつの精神的連帯感です。

人間は血がつながっていなくても、民族がちがっても、同じ人間同士ではないか。そういう感情から生まれてきたのが「慈」という言葉だという。

人と人とをつなぐ精神的な絆、それを通訳はよく外国人に「ラブ」と訳します。しかし、「慈」はむしろフレンドシップ、ヒューマニズムと訳すべきものでしょう。

「悲」は、もう頑張らなくてもいいですよ、という気持ちから生まれるものです。頑張れないと思っている人に、自分はもう何もいえない。

深いため息をつくことしかできないというのが「悲」という感情なのです。

片方は頑張れという励まし、もう片方は、もう頑張らなくてもいい、仕方がないという慰め。これは、人に対して非常に大事な感覚です。

つまり、励ますだけが人間に対してプラスではない。

目の前に苦しみ悩んでいる人がいて、その人を何とか力づけようとしても、その人はそれに応える余裕がない。

もう自分はいい、そう覚悟している人は、「それでも頑張れ」という言葉は聞きたくないものです。

子どもを亡くして悲嘆にくれる母親は、もっと頑張るなんて無理、頑張ったら娘が返ってくるのですか、そういいたかったのではないでしょうか。

人間が、他の人の悲というものを負担して、自分が半分それを引き受けるなどということはできない。つまり、励ましや鼓舞ではなくて、深くため息をつくか、そばにいて黙って手に手を重ねているしかない。

ブッダが人生は苦であるといったように、貧しければ貧苦があり、病気の苦しみがあり、長寿であれば長く生きることの苦しみがある。

人の苦しみや痛みを引き受けることは、他の人間にはできない。仏にもできません。できることは黙って深いため息をつき、己の無力感に、ああといううめき声を発する。

その時、何もできることはないからといってかかわることをやめてしまうわけにはいかない。たとえそうであっても、己の無力感を感じながらも傍《そば》にいて相手の顔を見つめているしかないのです。

無力《むりょく》が無力《むりき》に転ずる時というのは、そういうものではないでしょうか。

少しでも苦痛をとり、楽を与えることを仏教の古い言葉では「抜苦与楽《ばっくよらく》」といいます。

ある関西の名医は、ベッドに横になった患者さんの診察をするとき、必ずしゃがんで相手と同じ目線で、よく顔を見て話を聞くそうです。それから手を握り、体に触れながら触診をするという。いずれにせよ、検査だけには頼らない。

これも近代医療の技術や医療機器の進歩に対するある種の無力感から生まれた、ひとつの姿勢なのだろうと思います。

それが絶対に役に立つ証明はないかもしれないが、そうせざるを得ないのです。

「人生は苦である」の意味

そうした矛盾というか仏教の根本的なトラウマは、人生は苦であるという考え方に発しています。

これはヨーロッパの人々にとって受け入れがたいもので、最初に仏教がヨーロッパに入ってきたときは、厭世的な恐怖主義だというのでずいぶん嫌われました。

けれども苦であるというのは、苦しいという意味でいっているのではない。

毎日毎日が苦しい、そう言っているのではなく、人生は思うとおりにはならないものだといっている。実は、ヨーロッパの「不条理」という発想に似ているのです。

人生は思うとおりにならないのに、何とか思うとおりにしたいと考え、恨み、怒る。

その心の炎が煩悩であり、苦の原因である。思うとおりにならない世のなかでそれを悩み、苦しみ、怒ることを総称して「苦」とし、そこから脱却するためには煩悩の炎を鎮めるしかない。

それが基本的な仏教の考え方ですが、どう考えても消極的です。

みんなが僧侶のように結婚せず子どもも持たず、労働もしないなら、いつか人類は滅びるしかない。誰も結婚もしない、盗みもしない、嘘もつかない、酒も飲まない。

そんな清らかな生活があるものでしょうか。

だからこそ特定の人たちがそういう仕事をし、民衆は彼らに飲食《おんじき》を与え布施をすることで、その到達した徳の一部を受け取る。

いわば贈与の論理ですから、非常に合理的といえば合理的です。今風《いまふう》にいえば、こちらの面倒なことを代行してくれるエージェントみたいなものかもしれません。

仏教は人生を苦だと教えても、生存を否定するわけではないし、僧は食えないなら死ねといっているのでもない。しかし、世間で食べていける労働をするわけでもない。

ですから、誤解されるかもしれませんが、自力の宗教もあり得るだろうと思います。苦行をしたり瞑想をしたりして、やがて悟りに達したという人がいる。目の前のろうそくの炎を見つめるうち、自分がろうそくの炎そのものになったと観じる。臨界点を超えるとろうそくの炎のように光を放ち、それによって周りの闇が照らされる。

ただ、そのようにして自力で悟りを得る人はいたとしても、やはり万人が悟りを得ることは難しく不可能です。

利他行《りたぎょう》といって、道や堀を作ったり、貧しい人を助けたりする人がいますが、自分が光を放つ存在になることで、周りを明るくするということもあるだろうと思います。

家庭や職場や食べることなど世俗に煩《わずら》わされず、人間の心のあり方を真摯《しんし》に問いつづけるうち、やがてその人が一本のろうそくのように光を放ちはじめる。

前にも述べたように、平安から鎌倉時代にかけて、出家や遁世は憧れのまとでした。法然も、比叡山の黒谷《くろだに》別所を出たあと、嵯峨や東山、大原などに移り住んでいる。ブッダの時代にも、家を捨てて住処を持たず、悟りを求めて野山を歩き、修行に明け暮れるというのは憧れだったといいます。

暗い闇の世界も、一本のろうそくが灯ればあたりは多少なりとも照らされる。

悟りを得る、というのはそういうことかなと思うことがあります。

第六章　人心と社会を動かす宗教、音楽

宮沢賢治の現世改革熱

最近、司馬遼太郎賞を受賞した片山杜秀《もりひで》さんの『未完のファシズム』は、主に戦前の軍人について書かれたものですが、宮沢賢治について触れているところがあります。今では童話作家のように思われがちですが、賢治は活動的な思想家でもありました。

もともと賢治は浄土真宗の家に育ちましたが、法華経に転向し、上京して国柱会《こくちゅうかい》に入会を申し出ます。国柱会というのは、田中智学《ちがく》という日蓮宗の僧侶が起こした仏教団体で、彼らが唱えた「八紘一宇」は戦前、国家主義のスローガンとしても用いられました。

国柱会に、文筆によって布教活動をするようにいわれたことから、賢治は街宣活動よりも執筆に精を出し、『風の又三郎』『銀河鉄道の夜』『セロ弾きのゴーシュ』などの作品を次々に発表していきます。

国柱会と賢治の関係については、いろんな人が触れていますが、作品が法華経を広めるという志を土台に書かれた作品であることをはっきりいう文芸評論家はあまりいない。その点、片山さんの論旨はすこぶる明快でした。

のちに父親までも宗旨がえさせた賢治の信仰について、片山さんは、現世を変えるのではなく、臨終した後に浄土へ行くという浄土真宗の考え方に飽き足らず、日蓮宗の現実改革という方向へ動いたと考えたようです。賢治は『銀河鉄道の夜』で、この世を神の国にする、ということを論じています。

一方、親鸞は、臨終を待たずに仏になるということを説いています。死んでから救われるということではなくて、現生での往生。阿弥陀如来に帰依《きえ》して他力に身を任せると決意したその瞬間に、人は生まれ変わるのだと考えたのです。人は生きながらにして、生まれ変わることができる。

現世という穢土のなかで、浄土を生きるということです。

論理は異なるとはいえ、自力か他力かを超えた摂取不捨《せっしゅふしゃ》という考え方において、法華経と浄土真宗は共通しているようにみえます。仏はどのような人も見捨てない、あらゆる人は成仏できる、悪人といえども正しいおこないをしていれば仏になれるという考え方です。

けれども日本軍人の精神構造というか、宗教感覚を見ていくと、国柱会の田中智学、石原莞爾《かんじ》や甘粕《あまかす》正彦、あるいは北一輝、二・二六事件や五・一五事件に関わった人たちに、法華経ははかりしれない影響を与えていると思います。

その点、浄土真宗を奉じる軍人というのはあまりいない。ここはなかなか興味深いところで、阿弥陀如来一仏にまかせる他力の考え方と、現実を変革していこうとする法華経の自力の考え方とのあいだには、やはり深い谷があるようです。

軍事作戦にも宗教観がある

日本の自衛隊と宗教を結びつけて論じる人はあまり見ませんし、実際に今の日本においては軍事と宗教が近い関係にあるようには思えません。

しかし、片山さんの本にも書かれているように、かつては日本の陸軍のなかにはドイツ派とフランス派がありました。

最初のころはフランスの戦術や様式で運用しますが、普仏戦争で、フランスがドイツ軍にこてんぱんにやられたことをきっかけに、ドイツ派がいきおいを得ます。

それがとんだ被害をもたらすことにもなりました。当時、軍のなかに蔓延していた脚気《かっけ》に対して、海軍は、いち早くビタミン不足が原因と考えて、白米を食べさせないようにしました。

ところが、陸軍の軍医である森鷗外は、ドイツ派です。ベルリンの細菌学の権威であるコッホに学んだ彼は、脚気の原因はあくまで細菌であろうと考えた。それが、日露戦争で陸軍がたくさんの死者を出す背景になったといいます。

もともと馬に乗るのでも、ドイツ軍の騎乗というのは直立式で、きちっと背筋を伸ばして手綱を取り、威風堂々と行進する。見た目はすごく立派に見えます。

かたやフランス軍の騎乗は少し背中を丸めるような、いわゆるモンキー乗りというか、やや背中を丸めた前傾気味。見た目はパッとしないけれども、実戦的でもある。

現代の車でも、メルセデスやBMWなどのドイツ車は、背中を立ててしっかりハンドルを握るようにつくられていて、シトロエンやルノーなどフランス車は少しやわらかめのシートでゆったり運転するスタイルという感じがします。

話が少々脱線しましたが、ドイツ派とフランス派のあいだには、戦術的対立に加えて、プロテスタントとカトリックの対立が背後にあったと私は思うのです。

同じ教会でも、プロテスタントの質朴で実直なたたずまいと、壮麗な建物で、衣装をまとった司祭がミサを執《と》りおこなうカトリックとでは、あきらかに意識がちがう。ドイツの軍人とフランスの軍人の相違の背後には、戦略論だけではなく、背後にはプロテスタントとカトリックの世界があるのではないか。

日本軍は、両国の技術力を計りつつ、導入に際して、はたして背後にある世界観の差異をとらえていたのでしょうか。

かつて、米軍は絨毯《じゅうたん》爆撃で東京を焼け野原にかえ、あるいは広島や長崎に原爆を投下しました。現代では、ボタンひとつ押すだけで、テレビゲームのように敵陣にミサイルなどの火力を降り注ぎ、たちまち何万人も殺戮《さつりく》できてしまう。

けれども、上空から爆弾を投下するにせよ、ボタンを押すにせよ、その前に従軍牧師が告げるのです。

「あなたたちの行動は神の御意思による聖戦なのだ。単なる人殺しではなくて、十字軍のように正しいことだから自信を持ってやりなさい」

そういわれて初めて、殺戮行為に堂々と参加することができる。イスラム教のテロリストたちも、自分たちのやっていることはテロではなく「ジハード（聖戦）」だと考えています。

そうでないと、なかなか人間個人として大量の殺人などはできるものではない。

ですから、宗教というものは、戦争はもとより戦術やその遂行にも、非常に大きな力を持っているのです。

なぜ玉砕などできたのか

宗教以外にも、人を動かすものはあります。戦争中、なぜ天皇陛下万歳といって日本人は死ねたのか。

今の人たちには理解できないことでしょう。考えていくと、そこには歌の力があったように思います。

戦地で死ぬということを、あれほどみなで歌い、子どもの時から歌いつづけたことが、非常に特殊な感情を作り上げた。私自身、子どものころに覚えた「歩兵の歌」の、

「万朶《ばんだ》の桜か襟の色　花は吉野に嵐吹く　大和男子《やまとおのこ》と生まれなば　散兵戦《さんぺいせん》の花と散れ」


という歌詞は、今でもすらすら出てきます。

他にも、「空の勇士」の、

「恩賜《おんし》の煙草をいただいて　明日は死ぬぞと決めた夜は　曠野《こうや》の風も腥《なまぐさ》く　ぐっと睨《にら》んだ敵空に　星が瞬《またた》く二つ三つ」

とか、そういう歌ばかり歌っていた。そうすると、そういう気持ちが自分の本心であるように思えてくるのです。

歴史家はよく関東軍が暴走したといいますが、関東軍にしても馬鹿ではない。国民感情の盛り上がりをよくみていたのだと思います。

政府内閣にあれこれ文句をいわれても、国民は自分たちを支持してくれるだろう。そういう見通しがなければ、そうそう自分たちだけで暴走しないはずです。

日清・日露での戦い以降、国民感情として、ロシアも中国もやっつけろという雰囲気を、歌をとおして作り上げてきた。それはものすごく大きな働きをしています。

当時は童謡にしても、

「僕は軍人大好きよ　今に大きくなったなら　勲章つけて剣さげて　お馬にのってハイドウドウ」

「肩をならべて兄さんと　今日も学校へ行けるのは　兵隊さんのおかげです　お国のために　お国のために戦った　兵隊さんのおかげです」

という調子でした。「皇国《みくに》の母」の、

「今度逢う日は来年四月　靖国神社の花の下」

という歌詞などは、みんなで愛唱したものです。

「加藤 隼《はやぶさ》 戦闘隊」にせよ「予科練の歌」にせよ、毎日のように聴くことと歌うことで、国家に命を捧げることがどんなに素晴らしく、美しいことであるかが刷り込まれていった。


ですから三島由紀夫が市ヶ谷の自衛隊に乗り込む前、車中みんなで「唐獅子《からじし》牡丹《ぼたん》」を合唱したというのも、よくわかるのです。

万葉集への戦後アレルギー

戦後、「万葉集」に対してアレルギーのような反応が示されたことがあります。「軍国主義的だ」という理由で、教科書に載《の》った万葉集の歌までもが黒く塗りつぶされたこともありました。これも実は歌と関係があります。有名な軍歌「海行《ゆ》かば」です。

「海行かば水漬《みづ》く屍《かばね》　山行かば草生《くさむ》す屍　大君《おおきみ》の辺《へ》にこそ死なめ　かへり見はせじ」

という一節は、「万葉集」にある大伴家持《やかもち》の長歌の一部だったのです。

当時の翼賛運動のひとつには、「愛国百人一首」というものもありました。

「御民《みたみ》われ生ける験《しるし》あり　天地《あめつち》の栄ゆる時に遇《あ》へらく思へば」

こんな言葉も今でもすらすらと空《そら》でいえます。

この栄えある昭和の時代に生きているということは、本当に幸せなことである。あとはもう「海行かば水漬く屍」、天皇陛下の赤子《せきし》として死ぬだけ。

私自身、本気でそう思っていて、二十歳まで生きるなんて考えてもいませんでした。特攻機に乗って敵の空母に突っ込むとき、操縦桿を下げたまま甲板に向かい、機首を変更したりせず、逃げずに突っ込んでいけるか。

お前はちゃんと死ねるか。中学一年生の少年が、それを毎晩うなされるほど考えていたのです。

少年のころにそこまで死というものを突きつけられ、歌によって刷り込まれるという日常が、日本という国の気風を作り、盛り上げていきました。

その時代を経験しているので、年をとっても、当時の歌を耳にするとやはり複雑な郷愁を感じます。

マイナーキーの効果

ただ、戦意を昂揚する歌のなかに、「麦と兵隊」のような短調の軍歌が多かったのは不思議です。

「出征兵士を送る歌」なども、当然のことながら、景気のいいメジャーの曲が予想されますが、これがまた悲哀をおびた短調で、悲しみを切々と感じさせた。

景気のいい軍歌だけでなく、じつに陰々滅々たる軍歌もそうやって口ずさんでいた。それは少年だった私には不思議と印象深かったのです。

そして戦後は、学生時代に仲間たちと一緒に歌ったのが、ソ連共産党の党歌だった「インターナショナル」やイタリアの「アバンティ・ポポロ（人民よ進め）」などでした。戦時中の軍歌とどこか似ていたのかもしれません。

そこでもみんな、歌に鼓舞されていたのです。

ちなみに、「蛍の光」は国によって歌詞がちがっていて、日本では卒業の別れの歌ですが、韓国では愛国歌ですから、最後は「ウリナラ、マンセイ（わが祖国よ、万歳）」となる。

逆にドイツの「クリスマス・キャロル」の賛美歌が、日本では「赤旗の歌」という労働歌になっていたりもする。

戦争中は軍歌で奮い立ち、戦後は左翼の「インターナショナル」や「原爆を許すまじ」のような歌で鼓舞された。

歌には社会を動かす大きな力があった。振り返ると、しみじみそう思います。

運動の背後には歌がある

日本の知識人は、戦後ずっとマイナーキーの歌謡曲を恥ずかしいものだととらえてきました。

神仏習合（シンクレティズム）、精霊信仰（アニミズム）と合わせて、それらを三大シェイム（恥）として考えてきたという気がするのです。

しかし、私はその感覚に馴染めませんでした。

もともと私には、メジャーよりもマイナー志向があるようです。

ジャズにはずっと関心がありましたが、私は現代的なジャズよりも、とくに昔のディキシーランドジャズが好きだったのです。

ラグタイム、タンゴ、フォルクローレ、ブルースなど。

共通するのは、どれも割りあい、マイナーの音楽だということです。

メジャーの音楽は健康で前向きで明るいが、短調の音楽はめそめそして陰気で切ない、どうも頽廃《たいはい》的な音楽という感覚があるようですが、決してそうではないのです。

かつて、ロックやR&Bのようなパワフルな音楽が全盛のころ、映画『男と女』（一九六六年）をきっかけに、ラテンアメリカからボサノバが大流行した時は、これぞ脱力系の音楽と思ったものです。

どこか投げ出すようなボサノバの歌い方、揺すりつづけるようなサンバのリズム。リオのカーニバルのように、そこに湧き上がってくるエネルギーを感じたのです。

そのラテン的な脱力系エネルギーは、いまの日本でいわれるような、単に力が抜ける無力《むりょく》な感じとはちがいます。ある種の無力《むりき》の状態かもしれません。

一九七九年にイランを訪れたとき、イラン革命の最中で、「パーレビよ、去れ」というプロテストソングと「ホメイニ師よ、こんにちは」という喜びの歌が流れていましたが、どちらもマイナーキーの曲想でした。

トルコの音楽は典型的なマイナー調ですが、十七世紀、オスマントルコの軍隊はその音楽で士気を高めながらウィーンまで攻めこみ、欧州を席巻したという歴史があります。もともとマイナー調だから後ろ向き、というのは単純な誤解です。

逆に、近代ヨーロッパは、自分たちがイスラム・アラブ世界から学んだものの大きさ、後進国のコンプレックスから自立するために、長調の音楽を作り上げたのではないか、と考えることがあります。

マイナーキーの音楽というのは、イスラム・アラブ世界の文化のひとつの象徴でした。ヨーロッパのほうが優れているという感覚をつかむために、それを克服するしかなかったのではないかと思います。

離散したユダヤ人の音楽、ロシア民謡なども、何ともいえない短調です。

全共闘以降、日本国内において大きな社会運動が起きていません。その理由のひとつは、全員を動かすような歌が存在しないことと無縁ではないのではないか。そんな気がします。

「貧しさに負けた　いえ世間に負けた」

という陰々滅々たるメロディーの「昭和枯れすすき」を聴いて、恥ずかしくて死にそうな気持ちになる一方で、どうしようもなく切なくなるところがあるのも、それが貧しい時代に多くの人が持っていた「幸せなんて望まぬが　人並みでいたい」という実感を表現しているからでしょう。

いまそれほどの情念なり、人びとを動かすような、国民的な歌があるでしょうか。時代とともに、悲しい切ない歌に共鳴する人たちは少なくなってきている。現代の社会そのものが、陰影を見たがらなくなっているように感じます。

第七章　転換期には「楕円の思想」で中庸を行く

花田清輝の「楕円の思想」

音楽プロデューサーの故・加藤和彦さんは、新しいジャケットを作ると、一週間ぐらい着たままで寝て、体になじませてから人前で着たそうです。

卑俗な話ですが、それと同じように靴を磨くにしても、汚れた靴を磨かないのはマナーを失したことである反面、磨きに淫《いん》したようにピカピカでも何か下品な感じがしてしまいます。

靴は装飾品ではなく実用品ですから、磨いてはいても、こんなに磨きあげましたというのは、どうも過ぎた感じがする。

適度な塩梅《あんばい》。何事においてもこれがなかなかむずかしいのです。

孔子はそれを「中庸《ちゅうよう》」といって、儒教の最高の思想とした。ただし、中庸をひとつの中心線のように固定したもの、と受け止めるのはまちがいでしょう。相反する二つを足して割った平均値ということでもなければ、常に中間をとればいいというのでもない。

戦後を代表する思想家の花田清輝《きよてる》は、「楕円《だえん》の思想」を説いています。

ひとつの中心を持つ真円《しんえん》ではなく、二つの中心のある楕円。ルネサンス的思想というのは、その中を揺れ動く楕円の思想のようなものだというのです。

私流に解釈するなら、一つの円でもなく、二つの円があるのでもない。

自分を中心とする円のなかで物事を決めるのでもなく、両論あるなかでどちらかに決めるのでもない。あるいは、二つの円が重なる場所にいるのでもない。

二つの中心点を持つ楕円があって、その時その時によって、力点が移動していくイメージです。

円ではなくて楕円形、というのはすごい発想だと思います。バレーボールのような真ん丸いボールは地面に落ちたら真上に跳ね返るが、ラグビーボールのような楕円のボールは、どこへどう曲がって飛ぶかはわからない。しかし、二つの中心を持っている。

つまり、中庸の芯というのは楕円の二つの中心のあいだを絶えず動いて移動している。

中庸とは、真ん中で静座しているという考え方ではなく、うろうろしているからこそ中庸。これが中庸の解釈の仕方だろうと思います。

若いころ、この楕円の思想は自分の生き方を考える上で、大きなヒントになりました。最近の世の中が、どちらか極端な話をすることに目が行きがちなのは、中庸あるいは中道というものへの誤解があるためでしょう。

前にふれたように、半分は俗世間にいて半分は僧侶でいる、世のなかの変遷にかかわらず、いつも真ん中にいる。そういう単純なとらえ方は半僧半俗であって、非僧非俗ではない。ハーフであって、ダブルではありません。

戦争中アメリカに住む日系人には、アメリカ軍の兵士として戦った人もいれば、日本人という理由で強制収容所に入れられ、言語に絶する苦労をされた方もいます。

アメリカ市民としての国家への忠誠心と、日系人としての血がもたらす日本への親和感、その二つの心理のなかで揺れ動きつつ生き抜いてきたのだろうと思います。揺れ動くことは苦しいことでもあったでしょうが、人間としてはごく自然なことでしょう。

以前、韓国のお寺を見に行った時、小学生の行列に取り囲まれて「ドクト・ウリナラ（独島は我々のものだ）！」と大声で連呼されたことがあります。

ふだんは親日的であっても、竹島の問題になるとつい反日的になってしまう。その逆もまたあるのが当然です。それが人間の姿なのであって、中庸の立場でいうなら、向こうの事情もわかるし、こちらの事情もわかる。

こういう場合でも、中庸にいる、というのは非常に大事なことです。

「無」はゼロではない

中庸を固定的にとらえない。揺れながら動きつづける。

無力《むりき》とは、そういう「力ではないちから」を指しています。

無力《むりょく》は、ただ力がないということ。有力は力だけに頼ることです。

しかし、無力《むりき》というのは、数学でいう零（ゼロ）みたいなものであって、0は無ではないわけです。

無力《むりき》の「無」を『日本国語大辞典』で引くと、下に付く字句によって、まったく意味がちがいます。

無知、無用、無法、無産、無理、無銭、無効。

無欲、無欠、無罪、無量、無比、無欲、無垢。

無学、無能、無職といわれるとイメージが悪いが、無双、無上、無窮は非常にエネルギーを感じる。

無縁、無謀は何か投げ出したような感じがしますが、無限、無類だと反対にすべて取り込むような意味がある。

無というのはゼロではなく、そこから正・反どちらにでもふれます。

ゼロがあるから数学が成立する。つまり、無を動的にとらえていく発想です。日本人の考え方というのは、そこにあると思うのです。

たとえば、合気道の達人は、自分の腕力を発揮することなく、無になって気を読み、自分の倍もあるような相手を投げ飛ばすのだという。

禅の教えで、よく「無心」ということがいわれます。

心を無にして雑念を払え、ということだと理解されがちですが、そもそも、次々と心に浮かんでくる雑念を振り払おうとすると、そのこと自体が雑念となってしまう。

雑念と無心のあいだを往復しつつ、どちらでもない真ん中で、ふわりと浮いている。

そういう、ふわっとした状態は、宗教的確信もなければ思想的根拠もないと考えられやすい。しかし実は、それこそが人間本来の正しい状態ではないかと思うのです。

また、仏教の唯識のように、最近は認知心理学や脳科学の世界でも、人間の意識における無意識というものの存在が非常に大きくなっています。

人間は無力よりは有力を好みますが、じつは「無」はポジティブにもネガティブにもどちらにでも振れる。それが無力《むりき》のちからということでしょう。

使われ方をみても、文字どおりの「ない」という意味にとどまらず、様々あります。

「有無二道にとらば、有は見、無は器なり。有を現はすものは無也」（世阿弥）

「仏とは釈迦の名づくる者にして、天の大気虚空を云ふ。之を無と名づく、是を仏とす」（司馬江漢）

「創造といふからには、有から有が出て来るのでなく、無から有が出て来る意味がなければならぬ」（三木清）

さらに禅宗では、

「修行者がその意味を問い、解決しなければならないとさせるもので、経験や知識以前の純粋な意識にかかわるもの」

であり、西洋哲学においては、

「不安の観念と結びつき、神の前にあって微小なものと意識された人間存在の在り方」（キルケゴール）、神の死を主張したニーチェでは「神の代わりに人間を支えるもの」、ハイデガーでは「人間にとっての死の可能性の観念」など、じつに根源的な概念を代弁している。

「無」は、正でも負でもない。肯定でも、否定でもないということです。

正・反・合と共存の思想

肯定でもなく、否定するのでもない考え方とはどういうことなのか。

それは西洋哲学でいうところの弁証法という考え方とは明らかに異なります。まず肯定があり、そして否定があり、二つを統一して止揚《しよう》（アウフヘーベン）するのが弁証法的な考え方だとされています。

これはある意味、非常に論理的です。

たとえば、自然は味方でもあり、敵でもある。豊かな実りで人間の生活に寄与するものでもあるし、地震や津波のように生活を破壊するものでもある。

寄与（肯定）と破壊（否定）を止揚して、自然とはこういうものだと決めて開発を行い、人工的に自然の猛威がおさまるようにする。

つまり、自然を飼い馴らそうとする。止揚することで新しい段階に到達する。いわゆる「正・反・合」という考え方です。

ヘーゲル以降、近代はこの考え方で動いてきたような気がします。そして、それが近代科学や技術を推し進めたのはまちがいないことです。

しかし、それがいま、どうも行き詰まっている。少なくとも、理路整然と正・反・合というかたちでは物事が進まなくなっていると感じます。

するとこれからは、止揚しないという考え方が土台になるのではないか。

自然（じねん）という思想は、正・反の両方を同時に実感します。肯定、否定ではなく実感する。そしてそれを安易に止揚しないようにするのです。

もう少し具体的な例として「鬱」のとらえ方を考えてみましょう。「鬱」という字には第一義と第二義があって、第一義は草木が勢いよく繁茂するさまであり、そこから鬱蒼たる樹林、鬱勃たる野心など生命力を表す言葉が出てくる。それが本来の姿なのです。

一方の第二義は、人間の生命力が何かのために疎外されたような状態。それが鬱々たる気分という意味で使われるようになった。鍋の底に澱《おり》が沈殿してメタンガスが発生するような、重苦しい印象があります。

欧米の思想は、力ずくでそれを止揚していこうとする傾向があるようです。大量の薬の投与で鬱を押さえこもう、という方法の背景にはそういう考え方があります。

しかし、相反する二つを統一して何かをつかみだそうとするのではなく、ときには鬱になって沈み込み、ときには鬱勃たるエネルギーを感じる。

鬱の中には二つの相反する性質があり、それを同時にみとめるのが自然《じねん》であり、共存の思想というものだろうと思います。

選択的一神教という智恵

日本人は古代から神もあるし仏もあるという、シンクレティズムという神仏共存の思想でずっとやってきました。

仏教がもたらされた当時も、仏教への排撃はありました。近代でも、明治政府は権現《ごんげん》や八幡大菩薩などの神仏混交《こんこう》を否定し、廃仏毀釈《はいぶつきしゃく》もありました。

その歴史自体を非難する気は、私にはありません。

阿弥陀一仏を信じる真宗は、日本の仏教のなかでは一神教的な性格が強いといわれますが、仏教思想家の金子大栄さんはそれを「選択的一神教」とはっきりといっています。

選択的な一神教ということは、イスラム教やキリスト教のように「他に神なし」と宣言させ、その誓いからあらゆる文化や習慣が生まれるものとはちがいます。

神も仏も色々あることは前提としながらも、自分の仏を選ぶということです。つまり、世に母親という存在はたくさんあるけれど、わが母はただ一人、というようなものです。

私がどこの神社や寺でも頭を下げるのは、友だちの母親に会って、微笑んで挨拶するのと似て、何もその人が自分が帰依《きえ》する生みの母ではないが、礼儀として会釈する。

蓮如も、他の神仏を軽んじてはいけない、つまり、よその母親に無礼を働いてはいけない、ということをいっています。

いずれの神が本当の神か、白か黒かとは押しつけない。その意味では選択的一神教というのはひとつの深い智恵だろうと思います。

大衆は賢いか、愚かなのか

このところ外交姿勢が強圧的な中国に対して、日本ももっと強硬策をとるべきだと主張する人がいます。しかし、経済の密接な関係を考えれば柔軟にという人もいる。

聖徳太子のように、「日出《い》づる国」のプライドを持ってはねつけたらいい、という意見もあるでしょう。

しかし、古来ずっと隣り合う中国の思想がどれだけ日本人に深い影響を与えてきたことか。名刺の中には漢字しか書かれていない人も多いことでしょう。漢字だらけの名刺一枚を見てみても、中国との関係の深さや長さを感じざるをえない。

もともと私の考え方は、複雑系という言葉が広まる前からずっと複雑系でした。

物事に唯一の理由などというものはない。

これを仏教では因縁《いんねん》や縁起《えんぎ》といいます。何かの理由があって物事は起こるけれども、その原因はひとつではなく、複雑にからまりあっているのだと考えてみる。

白か黒か、いわざるを得ない立場に追い込まれることもあるかもしれないが、他人をできるだけそういう立場に追い込まない。

それと同時に、自分もそこに近寄らないようにすることとです。

仏教は、現実社会においては無力な場面が多いのです。たとえばコーサラ国がブッダの故郷カピラバストゥを侵攻しようとした時、ブッダの再三の諫言《かんげん》は聞き入れられなかった。ブッダにできるのは瞑想をつづけることぐらいで、結局、シャカ族というブッダの一族は滅ぼされてしまいます。

この話のように、軍隊は座禅や瞑想によって止められるわけではない。それでも無抵抗の考え方に徹し、滅んでもいいのか。

内田樹《たつる》さんは、『日本の文脈』のなかで、武道の極意は力を使わないような局面をつくりだすこと、すなわち他者との共生にあるということを話しておられた。

お互いが刀を抜くような局面に至らないようにする。最終的には武力の存在があるとしても、剣の達人が刀を抜かなくてすむなら、結構ではないかという考え方です。

憲法改正、国防軍、集団的自衛権といった言葉が日常的になってきたこの時代を、哲学者の木田元《げん》さんは月刊誌で「きな臭い」と表現していましたが、このところ世間では、刀を抜かなくては面白くないではないかという雰囲気も感じられます。

西部邁《すすむ》さんは早くからオルテガの『大衆の反逆』を引いて、大衆は愚かなものであるという警鐘を鳴らしてきました。

そう大衆を蔑視してはいけないだろう、内心、そう思うこともありました。

けれども最近は、大衆は、大衆の知恵と歴史を動かす大きな力を持ちながらも、非常に愚かしい面もあるとも思うようになりました。

レイチェル・カーソンの『沈黙の春』ではありませんが、人間は地球と生態系に対して、自分たちの利益のために、したい放題の虐待をつくしてきたのです。

その巨大な悪を自覚せず、今まで何もしてこなかったかのように、極端に放射能にデリケートになっているのはどうなのか。

自分をふくめて大衆的存在というのは、メディアからのいい加減な情報にも影響を受けやすい存在だというイメージがあります。しかし、長い目で見ると、大衆は真実を見抜いていて賢いというのも、大衆は愚かだといい切るのも難しい。大衆にも、二つの中心があるのだと思います。

西部さんのように、左翼運動に熱中した人が、やがて大衆不信に軸足を移すということは珍しくありませんが、今の時代がポピュリズム、大衆迎合の全盛にあるのはまちがいない。

こういう風潮を嘆かわしく思う人も大勢いることでしょうし、その気持ちはわかります。しかし一方で、今は時代の力学がそういう方向へ動いているのだから、歎いても仕方のないことだろうとも思います。

ここでも正解はこうだ、これが賢い思考だ、などと決めつけない。

大衆は愚かか、賢いか、決めつけると失敗してしまう。憲法改正にしても、無力《むりょく》な国がいいのか、有力な国がいいのか、それで納得しようとするとまちがえやすい。

大衆の持っている欠点は、簡単に考えてはいけないことを簡単に考え、簡単に決断する、ということなのかもしれません。

こういうことをいうのは年齢による厭世観《えんせいかん》かな、と自分で思うことがあります。四十代から五十代になって老眼になると、遠くは見えても近くは見づらくなる。物事の感じ方、見え方も若いときと八十歳の今とはちがってきます。

自分の書くものも、登山の時代より下山の時代にある。それは自然なことだろうと思うのです。

第八章　日本的心性を抱いて生きる

日本人の宗教意識

古来、日本人は外来文化に対して非常に強い好奇心をもちながら生きてきました。しかし、フランシスコ・ザビエルが日本に来てから五百年近く経つというのに、いまだに日本のキリスト教徒の数は一パーセントにも満たないといいます。韓国でのキリスト教の浸透ぶり（約四割）とくらべて、明らかにちがう。

明治以来、日本は西洋をひとつの模範として合わせよう、ちがいをなくそうとして努力してきました。しかし、どうしてもなくせないところ、同じになれないところがあった。

代表的なのが神仏習合や精霊信仰です。

一軒の家の中に、当り前のように神棚も仏壇もある。

自然にある山や川、草木や岩にまで霊性を感じる。

いずれも西洋から見れば、宗教意識が未発達で未開人のような状況で、いい加減この上ない考え方だ。日本の知識人たちはそう考え、ヨーロッパに対して大きな劣等感を感じていました。

けれども、神仏習合というのはその両方を合わせたということではなく、基本的に神道の人は神のほうを向いているし、仏教の人は仏のほうを向いているという立場です。

私たちは神と仏のあいだで揺れ動く存在なのです。

キリスト教的な考え方では絶対者がいて、変わらぬもののほうに軸足が置かれています。天地は神の意思によって作られたものとするからです。

一方、仏教的な思想では、仏が天地を作ったわけではありません。

仏になったブッダも元は普通の人間で、いわばただの人。神の子でもなく、仏の子でもない。一般の人が仏にもなり、あるいは法蔵菩薩《ほうぞう》が阿弥陀《あみだ》如来になり、と仏さえも変わります。

天皇制に対しても、世襲による絶対天皇制は近代的ではない、という批判の感覚を持ちながらも、万世一系の天皇の赤子である日本人、という感覚にどこか惹《ひ》かれるものがある。

だからこそ、新年の御参賀に八万人、明治神宮の初詣には三百万人を超える人が集まる。それはある意味で、ディズニーランドなど足元にもおよばないものです。

いま、たしかに宗教は影が薄いといわれますが、一方では、若い女性が寺や神社をパワースポットと称して詣でるブームがあり、成田山の裏に軒をつらねた占い横町には、たくさんの人が並んでいる。

皮相な現象とかたづけるのは簡単ですが、人間はやはりそういう超自然的、超能力的なものに対する畏怖の念をどこかで持っていて、完全に消えさることなどないだろうと私は思います。

意識と無意識のあいだ

親鸞の師である法然は、智慧《ちえ》第一の法然坊とうたわれた大秀才でした。それが中年にさしかかったころから、自分は痴愚に徹する、知識は全部捨てるといい出した。

さらに、変に学問をかじっていないほうが浄土に近い、とまでいう。

比叡山で一番の智者が馬鹿になるというのですから、これは大きくブレている。

本来、他力信仰とは純粋他力を信じる、すなわち弥陀《みだ》一仏を信じるということですから、他のもの、たとえば呪《まじな》いや占い、あるいは神仏習合の考え方、それらを排斥することになる。しかし、その考え方にもじつは様々あるのです。

たとえば蓮如は、神社その他を軽んずべからず、と他の神仏への信仰を排除してはならないと口をすっぱくしていいました。

先日、金沢で、泉鏡花が子どものころに遊んだという神社に行きました。テレビのスタッフは、私がそこで頭を下げて拝む絵を撮りたいという。

ピュアな真宗の立場であれば、神祇《じんぎ》不拝《ふはい》、つまり自分は神社は拝みません、と断るのかもしれない。でも私は、二礼二拍手はしないまでも、頭を下げ、きちんと礼拝しました。やはり日本人としてそれが自然ですから。

日本では昔から数字の四は「死」を連想させるというので、避ける人が多くいます。しかし浄土真宗ではその迷信を否定するだけでなく、大安や仏滅など仏教に由来する縁起にもいっさい構わない。

そう教えられても、たとえば四の数字がつく席と五のついた席があったら、つい五の席のほうに座ってしまうものです。心の中に教えが徹底されていない証拠なのでしょうが、だからといってそれを恥じたり、煎じつめて考えたりしてもしかたがありません。前にふれたように、人間の心には、きわめて合理的な部分もあれば、そうでない未開の意識が深く根づいている部分もあります。

プレハブっぽい生き方

この国では、大きな天災がかなり短い期間でやって来ています。

たとえば、宮沢賢治が生まれた一八九六年には明治三陸大津波が、亡くなった一九三三年には昭和三陸大地震が起きている。

大地震にせよ、大津波にせよ、何百年に一度という未曾有に近いことではなくて、むしろ数十年ぐらいの間隔で始終起きているのです。

私たち日本人は、紀元前数世紀からの建築物があたりまえに残るギリシャのような、自然の安定した国で暮した経験がありません。

丹下健三さんが設計した赤坂プリンスホテルでさえ、三十年も経たぬうちに建て替えてしまう。

TBSの前社屋が赤坂の一つ木通りにできた時は、近くに最新の超高層ホテルがあり、道を隔てたアマンドで打ち合わせをして局入りするなんていうのは、まさしく今を生きているという気がしたものです。そのＴＢＳの社屋もすでに建て替えられました。

私の自宅マンションは建ってから四十数年たちますが、三十年の住宅ローンが終わるころにはマンションの市場価値はゼロになるといいます。

他方、パリやロンドンなどヨーロッパでは、築何百年という建物が、エレベーターやエアコンなど内装を作り替えて今も立派に使われている。天災を身近には感じない世界の文化なのだと感じます。

日本人は、永久とか永遠という長時間のスパンでものを考えにくい世界に生きている。しかし、かといって、明日すぐにでも、と迫られる感じでもない。そうやってこの狭い列島のなかで右往左往しながら、とりあえず生きてきたというところでしょう。

悠久の大陸とはまるで異なる、地表プレートがぶつかり合って隆起した日本列島という岩石の上に生きていて、数十年、少なくとも数百年に一度はひっくり返るような激震に見舞われます。

ローマをはじめヨーロッパのように、石で何百年も永遠に残るような建築物を作ったところで意味がない。木の柱を立て、草で葺《ふ》いて、倒れたらまた作ればいいと考える。

伊勢神宮が二十年ごとに遷宮《せんぐう》するのも、天災を宿命として背負っている国のひとつのスタイルだろうと思います。

キリスト教文化、西洋文明には、世界は永遠に続くという考え方があるようです。石で作った堅固な建物には、この世には絶対に変わらないものがあるという思いが感じられる。

そこへ行くと日本人にはやはり独特のものの考え方があって、有為転変にたいする無常観をともなっています。

ある意味で、プレハブっぽい生き方をひとつの適応文化として育ててきた国民なのです。

仏教学者の中村元《はじめ》さんは、『日本人の思惟《しい》方法』のなかで、仏教は日本で成熟したのではなく退行したのだと書かれていました。日本の仏教は、インドや中国大陸の仏教思想と比べてどうも変だ、本来の仏教とちがうというのです。

変化や適応ならまだしも退行とまでいい切られると、どうなのかなという気もする。地理的な条件など、日本特有の事情を、見落としている感じもしなくはないのです。

日本人は本当にきわどい土地で暮らしてきました。震災のあとでも相変わらず、テレビCMでは鉄筋コンクリートの堅固なものより、木材を組み合わせて建てる軽便な住宅が中心です。

けれども、それは仕方ないことです。「方丈記」には、

「土居《つちゐ》を組み、うちおほひを葺《ふ》きて、継ぎ目ごとに掛け金を掛けたり。もし心にかなはぬことあらば、やすくほかへ移さむがためなり」

という記述があります。

要は、ひとつところに拘泥《こうでい》せず、心にかなわないことがあれば、また別の場所ですぐ組み立てられる家でいいのだということです。

鴨長明ならずとも、日本人の生き方には、どこかそういう仮の住まいという無常の感覚があるようです。中村元さんは、そんな「方丈記」をきびしく批判しています。

「わび、さび」の本質は流民にある

なんであれ、プレハブのような手軽なものを馬鹿にする風潮が一時期ありました。けれども、むしろそちらのほうが伝統的な日本の文化のあり方だと思います。

茶室にしても、堅牢な世界をめざすのではなくて、河原にちょっと柱を建てて、すだ

れをかけて風雅をたのしむ、そういうカルチャーです。

「わび、さび」は権力者の高級な思想ではなくて、賤民、流民として生きた者たちの流浪の生活へのノスタルジーから生まれてきた、いわゆる河原者《かわらもの》の感覚からきているものだと私は考えています。

千利休の師匠にあたる武野紹鷗《たけのじょうおう》は堺で皮革を扱う豪商で、もともとは自然を友として生きる、流民の系統の流れを引く人だったそうです。

かつて被差別民の世界には、竹細工などの手工芸で食べていた茶筅《ちゃせん》系とよばれる流れとそのカルチャーがあって、ときの権力者に重用されることもあったという。

ひいきにしてくれるスポンサーは壮麗な茶室を作ることがあっても、自分たちはちがう。そういうノスタルジーが「わび、さび」の源だろうと考えています。

日本の「わび、さび」文化の源流は、流民あるいは彼らのなかで定住をえて有力者となった人たちのなかにある。

心の中にあって消し去ることができない流浪の想い、無宿の魂というのは、金箔張りの茶室などではなく、風の音が聞こえる小さな荒屋《あれや》にある。

無駄な飾りのない、狭い部屋で立てる茶こそが本物なのだと考える。

これは無宿人の情感というものだろうと思いますし、日本文化には無宿の系譜というものが脈々と流れているのです。

日本列島において、大御宝として田園や田畑を耕して定住していける人々を人体の筋肉や骨格と考えるなら、そのあいだを流れる血液やリンパ液のような役割を果たす人たちもいた。

日本人の生活というのは、この二つが連携することで成り立ってきました。

それが、定住こそが正しいという考え、定住していない人たちを賤視するような傾向がとくに強まったのは明治以降でしょう。

先にも触れたように、柳田國男も初期においては、賤民とされる人たちに強い関心を持っていました。たとえば、寺も檀家ももたない流浪の弔い人である毛坊主。ある意味で無垢な存在ともいえる彼らは、日本の宗教のなかで非常に大事な存在だったと思います。

権力者や有力者の文化がある一方では、そういう無力《むりき》の人々のカルチャーもあった。その両方がうねるようにしておりなされてきたのが日本のカルチャーなのでしょう。

「わび、さび」の本質というのは、財をなし、地位を獲得し、権力を得た人間たちが、時折ふと感じる流浪の民への郷愁みたいなものだろうと私は思うのです。

近代が否定した流浪

明治に入って、近代的な国民国家をつくるために、流民のような無籍の人間は置いておけなくなります。国民の三大義務、つまり徴兵、納税、義務教育を強制するためには全員が戸籍に入らなければできないからです。

一九五二(昭和二十七)年、私が大学に入学したころに住民登録法ができて、それに対する反対運動が学生のなかでありました。

住民登録は徴兵制度につながる性格があるというので反対したわけですが、住民登録が法律として施行されるようになってはじめて、新戸籍を作った人たちがたくさんいた。それまでは河原などに住んでいて戸籍にも漏れていた人たちも、強制的に新戸籍に編入されていきました。

このところ国民総背番号制が議論されていますが、近代国家はそういう曖昧な存在、流動する無籍の存在をどんどん否定してきているのです。

かつては無籍の人、無宿の人たちが血液のように流動しながらカルチャーが成り立っていました。

これは世界各国で見られることです。たとえば朝鮮半島には、パンソリと呼ばれる遊芸のひとびとがいました。町の人たちは彼らが来るのを心から待ち望んでいる。

しかし彼らはそこで芸はやるけれども、泊まるのは村の外でときめられていた。それはその頃は当然の差別だったのです。

三十年ほど前に、サンカの民を題材に『風の王国』という小説を書いたことがありますが、私自身、そういう根無し草みたいな意識があります。

根無し草、デラシネであるということを、だらしないとネガティブにとらえがちですが、時代をリードするようなエネルギーもある。強制的に住所を作られた人々によって文化が成り立っているという側面がある。

たとえばアメリカ合衆国という国は、世界中あちこちから集まってきた人たちによって作られた国です。アイルランド系、イタリア系、ドイツ系、ロシア系など、流れてきた移民でできた国です。小説家のサローヤンのようにヤンの付く人はアルメニア系で、ミコヤンとかカラヤンとかもあの辺りから流動してきた人々です。

そこには差別もあるのですが、一方でそのように流れてきた人たちが常にいることが、アメリカの強さの背景にもなっていました。

それが戦後長らく、アメリカ繁栄のためのアメリカの時代、つまりパックスアメリカーナという歴史の潮流が続いてきた理由のひとつでもあるのです。

めずらしく国内だけの流動性のなかで成り立ってきた日本という国も、これまでとはちがった意味で国際化せざるを得ないところへ来ているようです。

日本人も働き場所をもとめて、国の内外で流民化せざるをえなくなるのかもしれません。

絆が叫ばれながらも、じつは絆から外れるような時代に入っている。

そのことを、あらためて覚悟すべき時代が目前にせまっているのです。

第九章　それぞれの運と養生の道

才能と努力、そして時代

先日、ある週刊誌で瀬戸内寂聴さんが、作家の才能とは何かということについて話をされていました。

瀬戸内さんによれば、作家になるための才能とは、「早くからこれが好きというのが決まっていて、それをやり通すのが才能。それに加えて、書き続ける意志と努力」ということです。

たしかにそうだなとも思う反面、もうひとつ付け加えると、時代というものが必ずあるということです。

書きたいことがあって書いていても、作家になれるかどうかはわからない。

すぐれた作品を書いていれば、必ず日の目を見られるなら便利なものですが、そうともかぎらない。

実際、これまでいくつかの文学賞の選考会で委員をつとめるなかで、この作品は二十年早かったと思うことがあれば、逆に二十年遅かったと思うこともありました。

少々投げだしたいい方に聞こえるかもしれませんが、今年でなくて去年なら受賞できたのに、この人と一緒に候補でなかったら賞をとれたのに、そう思うことはしょっちゅうでした。

そこで受賞を逃した人が、次は必ずもらえるわけでもない。そのまま忘れ去られてしまうこともあります。賞などもらわなくても、活躍する人もいる。

時代のめぐり合わせは常につきまとう。それは文芸の世界にかぎりません。

昭和の大作曲家とよばれた米山正夫さんは、「リンゴ追分」をはじめ美空ひばりの名曲をいくつも書いていますが、少なくとも私は、名曲全集に入っているうちの十分の一ほども知りませんでした。

いい曲が必ずしもヒットするわけではない。その時のちょっとしたきっかけなり話題なり、さまざまな偶然が働くことである種の化学反応が起こり、一世を風靡《ふうび》することになる。

優れた作品が必ず認められるものではない。認められるのは必然だろうと思っても、どこかで偶然がはたらいているものです。

それが仏教でいう縁起でもあり、世の不条理というものでしょう。

才能ある人が必ずその才能を発揮できるなら、人生は楽なものです。けれども、運も不運もかならずあるし、不条理に左右されるのが人生です。

元ヤンキースの松井秀喜さんは、努力できることが才能ですといったそうですが、たしかに努力することが好きな人というのはいるし、努力が苦手な人もいます。

優れた才能を与えられて生まれてくる人と、そうでない人のあいだに、生まれながらの差があると考えるのはどうなのか。

一方では、走る能力であれ記憶力であれ、それぞれ人間の存在感はその差にもとづくものでもある。

才能か、努力か、諸説ありますが、どちらか一方ということはないのではないでしょうか。わかりやすいサクセスストーリーは、成功した人が自分なりに分析して作ったものに過ぎないのかもしれません。

私自身は、子どもの時分から努力とか克己というものがじつに苦手で、正月に立てた目標などもたちまち忘れてしまう。

苦にせずできることは本を読むことぐらいでしょうか。もう何十年来、旅先の乗物の中、ホテルのコーヒーショップ、食事の最中もトイレでも必ず何か読んでいます。

なかでも活字を読むのに一番いいのが、今様《いまよう》でいう「人の音せぬあかつきに　ほのかに夢に見え給ふ」の時間帯です。

つまり、仏様が見える夜中から明け方に移る三時、四時、五時ぐらいになると、活字がすらすら頭の中に入ってくる。

「あかつき」という時間は、読み手の想像力が自由に、いきいきと解き放たれる不思議なゾーンなのかもしれません。

しかし逆に、朝早く起きた午前中が仕事ができる、断然、能率が上がるという人もいる。やはり昼型も夜型もその人の個性なのですから、それはもう仕方がありません。

自分なりの養生の技法

作家に限らず、運というものが人生を大きく左右することは間違いないでしょう。しかし一方で、何でもかんでも運で片付けるのは、ちょっと違う、とも思います。

近親者に百歳以上の人がいると長生きできる、長寿のコツは長命の家筋に生まれることだといいますが、私の場合、妹をのぞいて家族はみな早世しました。

それが八十歳まで生きてこられたというのは、やはり幸運だったと思います。

しかし、百パーセント運ですね、みたいにいわれると、少しむっとするところもないではありません。

私はこれまでずっと、ほとんど検査も受けず病院にも行かずに生きてきました。たしかに、その理由のひとつに幸運があることは否定できません。

もし盲腸にでもなって七転八倒したり、交通事故にあって救急車にのせられたりすれば、否応なしに病院に担ぎ込まれたことでしょう。

大病で入院することもなく、日刊紙での連載エッセイを四十年近く、一日分のストックもなく続けてこられた。

これはラッキーだったとしかいいようがありません。

しかし、幸運といっても、すべて運まかせだったわけではないのです。自分なりの工夫をし、努力してきたことはたくさんあります。

たとえば年をとると誰でも足腰が弱くなり、転んだだけでも骨が折れてしまう。それで寝込むと、今度はボケが始まるという悪循環に陥っていく。

私は今までもろに転んだことがないというか、転倒しそうになると、きわどいところでこらえてきました。それは、バランスを保つために続けている、ばかばかしい習慣のおかげかもしれません。

歯を磨くときに、上の歯と下の歯を磨く時に分けて、鶴みたいに片足立ちをするのです。つまり、歯磨きをする間、一分半ずつ、かわりばんこに片足で立つ。

片足で立つには、耳の三半規管や筋力が関係していて、五十歳代なら四十五秒間で十分合格だそうですが、まず大丈夫です。

ちょっとしたことですが、十年もつづけていると習慣になって、黙っていても歯を磨くときは、気がつくと片足ずつ、代わりばんこに上げている。犬のオシッコみたいなものです。

おかげで歩いていて両足同時につまずくということはまずないし、何かにぶつかって転びそうになっても、転倒まではいかずに踏みとどまることができます。

私も歯医者さんだけはときどき行きますが、歯を磨くとき、三十二本の歯のうち自分の歯が何本残っているか、差し歯や入れ歯を抜いて自分の歯が何本残っているか、すぐ正確にこたえられる老人は案外少ないそうです。

ですから歯を磨くときは、自分の歯の一本一本を頭のなかでイメージしながら、いま何本目のどの歯をどのように磨いているか、手にとるようにわかるように磨く。

私たちはものを食べるときは犬歯でかみ切り、臼歯《きゅうし》で嚙《か》んでつぶしていくわけですが、そのとき右側か左側かどちらに偏る人がほとんどです。

しかし、片方の奥歯でだけ嚙んでいると、少しずつでも、必ず顔が歪んでくる。利き腕、利き目、利き足があるように、歯も偏って使ってしまうものです。

あるときそれに自分で気づいて、右と左で均等に嚙むようにつとめてきました。

体に野生を取り戻させる

よくいわれるように、ものをよく咀嚼《そしゃく》して食べるのは大事なことです。

それでも、あまり何十回も嚙んでドロドロにして飲み込んでばかりでも、胃が本来持っている野性的な活力を失ってしまうのではないかと思います。

胃というのは人間の消化器官のなかでも、鉄でも溶かすといわれるぐらいの強い消化力を持っています。誇張があるとしても、それぐらい野性的なパワーをもった器官であるということです。

ですから私は、週のうち五日間はしっかり噛んで飲みこむが、あとの二日はあんまり噛まずに適当に呑みこむようにしています。

つまり、自分の胃に向かって警告する必要がある。「おい、しっかり働けよ」というと、胃のほうは「こんなものが入ってきた、頑張って消化しないと」とこたえる。

ふだんは胃をいたわりながらも、ときには本来の力を温存させるように仕向ける。

そんな非科学的なことを真剣に考えてしているわけではなく、これはひとつの楽しみであり、イタズラなのです。だから皆さんにおすすめしているわけでもありません。

人間は寝だめ、食いだめは出来ないといわれますが、食べなければ食べないで、それなりに何とか活動できるものです。

用事が重なって食べそびれることがあると、きょうは断食の日と覚悟します。断食というと大げさにも感じるが、大したことではありません。少なくとも、一日、二日ぐらい食べなくても人はやっていけるものでしょう。

断食もたまには役に立つ。マンネリズムにおちいった体の諸器官に、刺戟《しげき》をあたえる意味で、悪くないように思います。

歩き方と呼吸法

ヒトの起源をたどると、もとは海の中に生まれ出て、両生類から爬虫類、やがて四足歩行の哺乳類から類人猿へと進化しながら陸上で生きてきました。

そのなかで、立つということは、生物にとってものすごく革命的なできごとでした。

直立して二足歩行する。これは人間が人間であるゆえんでもありますが、自然のありようにまったく反した行動でもある。

数キロもある頭部を、細い頸椎《けいつい》で支えて全身でバランスよく立つ。地球の引力に逆らわず、また引力を自覚しながら立って、そしてきちんと歩く。何でもないことのようで、じつはとても難しいことです。

きちんと立つこともそのための練習をしてこそ、歩くのも、しっかり立ててこそだろうと思います。

歩くときには、西洋流の体をねじって歩く普通の歩き方と、ナンバ歩きといわれる右手と右足、左手と左足を一緒に出す、むかしの侍みたいな歩き方とを面白がって交互にためします。

それぞれいいところと悪いところがあって、普通に道路を歩く時はきちんとかかとから着地する西洋流の歩き方がよく、何百段という石段を上がるときなどはナンバ歩きだとスイスイ上がっていける。

昔は軍隊では七十五センチが理想の歩幅といわれたそうですが、自分の歩幅が何センチくらいでどんな歩き方をしているか、ほとんどの人が意識していない。

息をするのでも、よく腹式呼吸がいいといわれますが、私は逆腹式呼吸です。子どものときからずっと続けているもので、要は腹式呼吸と反対のやり方です。

最近、試しているのが座禅ではなく寝禅というもので、怠け者の私にはなかなか面白い。

他にも挙げていくときりがないのですが、私は努力するのではなく、好きだからしている。本来、養生というのはそういうものだろうと思います。

きょう一日を生きる養生

私は子どもの時から腺病質で、扁桃腺をしょっちゅう腫らす弱い子どもでした。

そのため、どうしたら自分の免疫力を高められるか、注意しながら生きてきたのです。

夜中のおそい時間にしか行けないので、通っている歯医者は自由診療のところです。それ以外はまず病院に行かないから、健康保険はずっと払い込むだけで、使ったことがない。

大学に入る前に、一度だけ肺のレントゲンを撮られたのが唯一の被曝《ひばく》体験だと冗談によく話すのですが、それは体が丈夫だったからではなくて、丈夫に生まれなかったからだったともいえます。

もちろん、長いことものを書いて生きてきて、書きすぎで腱鞘炎になったこともあれば、身もだえするような〆切りのストレスで気胸《ききょう》みたいな状態になったこともあるし、偏頭痛にもさんざん悩まされました。

いろいろありましたが、何とか工夫して体のバランスを整え、自分で治すようにしてきた。治すというより、自分を治《おさ》めてきたということです。

息をするときも、立つことも、歩くことも、歯をみがくときも、日常の小さな積み重ねのなかで何となく治めて生きてきた。それが実感です。

物書きとしての非常識な生活にもかかわらず、入院はおろか、検査も受けずに今日まで何とかやってきたのは幸運なことでした。

そろそろ方針を転換して、病院と良い関係をきずくべき年齢なのかもしれませんが、もう遅いだろうという気もします。

努力も大切だが、人はそれだけで生きられるわけでもない。運もあるが、運しだいだから何もしないわけにはいかない。運と努力のそのあいだをチョロチョロしているのが人間なのでしょう。

石田三成の養生観

養生というのはアンチエイジングとは性質の違うものです。

老いに抗《あらが》いたいからするのではなく、お金をつぎ込むことではない。自分で楽しんでするものです。

転ばないようにひざを丈夫にしようとサプリメントを飲むのも結構ですが、転ばないように、歩くためのふだんからの意識づけ、習慣づけをしておくのが養生です。

健康診断の数値を見て一喜一憂する以前の問題として、自分の体について無意識、無自覚ではいけないということです。

私は、一九八〇年代につくってもらったズボンを今でもはいています。もちろん代わる代わる使っているのですが、靴もかれこれ三十年以上というものがある。

学生時代、つまり二十歳ぐらいの体重が理想的ではないかと考えていて、実際に2キロぐらいの増減の範囲で、ウエストはほとんど変わらない。

すごいですね、などと驚かれますが、別にダイエットに努力しているのではなくて、何となくそうしているのです。

食べものも健康法も、ほんとうに諸説があります。

老人ほどタンパク質、肉を食べろという人もいれば、肉を食わなきゃ長生きするという人もいる。朝食は抜いたほうがいいとか、しっかり食べなさいとか、きりがない。

そういうなかで自分流の生き方というのを模索していくには、科学や医学を信用せずに民間療法一本槍でいくのではなく、医学を盲信するのでもない。どちらもそれなりに面白いものだという好奇心を持つことでしょう。

戦国の知将といわれた石田三成は、関ヶ原で敗れて斬首される前に、警護の武士から干し柿をすすめられ、いや、腹をくだすから食べないようにしていると答えた。明日首を斬られる人間が何をいうか、と嗤《わら》われたという話があります。

けれども、「明日死ぬとわかっていても」するのが養生なのです。

長生きしたいから養生するのではなく、今日一日を生きるのが養生。

これは私のモットーで、力まないで、たのしんで養生すればいいのです。

単なるラッキーはありえない

最近は、声を荒らげたり、本気で腹を立てたり、世を憂えて悲憤慷慨《ひふんこうがい》したりすることがあまりなくなりました。

いつのころからか、ひどい話、あるいは社会の問題について聞かれても、「まあ、そんなもんだよ。昔からそうじゃないですか」

という感じになってきたのです。

かつて私のマネジャーをしてくれた弟の口癖は、「まあ、いいじゃないの」でした。

たとえば車を運転していて、他の車に割り込まれたり、強引に抜かれたりして私が気《け》色《しき》ばむと、となりで「まあ、いいじゃないの」。

無礼な運転に対しても、何か木の葉が落ちてきたとか、風が吹いてきたとか、そんな自然現象みたいに受け流す。

すでに亡くなりましたが、何につけ寛容度が高く、怒らない才能があった男だとしみじみ思います。

けれど、今は二十年前にくらべたら、道路もほとんど無法地帯に近い気がしてなりません。

世の中全体のマナーの悪さもあるのでしょうが、中には免許のない人、ほとんど寝ていない人、風邪薬や向精神薬や持病の薬を飲んでいる人、酒を飲んでいる人もいるらしい。

車が安全なのは当り前、と勘ちがいして運転する人が多いようで、雨の日でもほとんど車間距離を取らずにすっ飛ばしている。

雪の日でもノーマルタイヤで走って、たちまちスリップ事故や立ち往生をしています。もともと運転というのは、他のドライバーがどんな人間か、マークでもないかぎりまるでわかりません。

知人に一年間で三度追突されたという人がいました。彼は、追突されたのだから自分は何も悪くはない、運が悪いとなげきますが、そうともいいきれないことがある。

私は、大好きだった車の運転を六十歳でやめました。つらいことでしたが、自分の動体視力や反射神経のおとろえを感じたからです。

新幹線で通過する駅の駅名表示が流れて読めなくなった。高速で、思い描いたとおりにカーブをトレースできなくなった。自分の体が発するそうした「身体語」に耳を傾けることが大切です。

数十年も車を運転してきて唯一の自慢は、一度も事故にあわなかったことです。

自分が起こす事故は論外として、防ぐことができるもらい事故というのもある。たとえば、道に不案内な他県ナンバーを見れば気をつける。加減速や車線変更で様子がおかしければ後ろへ下がって一台挟ませる。

交差点で止まる時は、最後尾にはできるだけつかないようにする。あるいは少し前方を空けておく。

それと同時にたえず後ろを見て、スピードをあげて迫ってくる車があったら、くり返しブレーキランプを点滅させて減速をうながす。

それでもスピードを落とさないようなら、警笛を鳴らす。お互い、衝突は避けたいので、後ろにクラクションをつけようかと考えたこともありました。

追突されそうな危険をどう察知して対応するか、常に意識はしていました。幸運もあったが、常に事故を避けようともしてきた。ラッキーもあるが努力もしたのです。

やはりそうした中間で人は生きているということです。それを自力というか、それとも他力の働きというべきか、私にはわかりません。

第十章　死をめぐる思想的大転換点に立って

『生きるヒント』の時代

二十年ほど前になりますが、婦人雑誌の連載エッセイをまとめた『生きるヒント』という本が、意外な反響をよびました。

単行本は版を重ね、雑誌の連載もその後何年も続き、結局、全五巻でシリーズとして出版され、さらに文庫やダイジェスト版も出ました。

「なになにのヒント」というたぐいの本が数多く書店に並び、ちょっとした流行の観を呈したものです。

しかし、もとは小林秀雄さんの『考へるヒント』にヒントをえた題名で、私の「考え」では、「ヒント」よりもむしろ「生きる」という主題に関心がありました。

日本では、生と死をめぐる考え方を「死生観」といい、「死」が「生」より先にくる。

私は少年時代に外地で敗戦をむかえて、多くの死に直面してきました。引き揚げの混乱の中で母が死に、父親も早くに病死し、兄弟もみな早世している。

死は、いつも私の視線にかかっているフィルターのようなものでした。

そんな私が、蛇が脱皮するように、木々が枯葉をふり落とすように、「死」の呪縛をぬぎすてて、生きることを先決問題として考えようと試みたのが『生きるヒント』というシリーズだったのです。

「生きる」という言葉が当時の時代の主旋律であった、といってもいいでしょう。

それからしばらくして、文藝春秋で『うらやましい死に方』を編んだのが二〇〇〇年のことです。

いま、ふと気づくと私たちの周囲には、「生」という文字より、「死」という言葉があふれ返っています。

書店で本棚をながめていると、平穏死や大往生、そのとなりに孤立死や無縁死などというタイトルの本が並んでいる。

近代以来、はじめてともいえる大きな思想的変革が起こっているのではないか、という気がします。

それは、死をマイナスと見ない思想、長生きを善としない思想です。

近代医学が絶対的な目標として掲げてきたのは、一時間でも長く人間のいのちを長らえさせる、ということでした。

しかし、いのちを長さという量で考えるのではなく、質として考える。いのちの量より質への転換が、沛然《はいぜん》として起こりつつあるようです。

十四世紀にはじまったルネサンス以来、人類は「人間は偉大であり、自然は克服すべきものだ」と叫びつづけてきました。

キリスト教的なその考え方をプラス思考とするなら、いつか滅ぶべき自分を忘れず、人間は自然の一部にすぎないという仏教的な考え方はマイナス思考でしょう。

二十一世紀の今、私たちは、そのどちらも信じることができずにいるようです。

右に軸足をかけるでもなく、そうかといって左に軸足をかけるのでもなく、宙ぶらりんのようなこの状態をどう考えればいいのでしょうか。

人間には逝き時がある

日本でがんになる人は、いまや二人に一人の時代だといいます。

それは、ごく初期のがんでも早期発見できる、非常に精密な医療機器が備わっていることが大きいと思います。

一台あたり何千万も何億もするような診断機器が開発され、その多くを日本が購入しているという。それを償却するには、できるだけ多くの人を検査しなくてはならない。必要のない検査が繰り返しおこなわれると、昔なら見逃されるような、近藤医師のいう「がんもどき」も早期発見される。つまり、ニキビみたいながんの種までが発見され、がん患者としてカウントされることになります。

がんのほかに様々な検査でも、繰り返し、レントゲンやCTなど医療的な被曝を受けていたら、それによるがん発生ということだってないとはいえないでしょう。

高齢者に多い前立腺がんが加齢による老化現象であるなら、すぐに手術して完治させようと考えるより、よほど問題がある場合に、その時その時の対症療法で何とかやりすごすというほうが自然ではないでしょうか。

日本は、人間が長く生きすぎる時代になりました。

人には世を去る適齢期、逝《い》き時、逝きごろというものがある。『楢山節考《ならやまぶしこう》』ではないが、それを過ぎても長生きしているのは、必ずしもほめられたことではない。

この考えは先ほども述べたように、長生きこそ善と考えるルネサンス以来の思考からの大転換です。平穏死や尊厳死、あるいはエンディングノートなど、死に方と逝き時を考える本がよく読まれるのもそのあらわれでしょう。

もともと浄土真宗では、死は冥土《めいど》という暗い黄泉《よみ》の国へ降《くだ》っていくのではなく、浄土へいくととらえる。「ご冥福を」とはいいません。私は「ご浄福を祈ります」といういい方をします。死を穢《けが》れや凶事として見るより、それが正しいだろうと思います。

シェイクスピアの「リア王」に、「人間はみな、泣きながら生まれてくるのだ」というセリフがあります。ならば、天寿をまっとうして見送られるその時を寿《ことほ》いでいいのではないか。

長く生きれば生きるほどいい、死はできるだけ遠ざけよう、という考え方からの思想的大転換は、人類史上最大の出来事になるかもしれない。そんな気がしているのです。

ハッピー・エンディング

死について論じられることが多くなるにつれて、様々な呼び名が登場するようになりました。個人的には、「尊厳死」というよび方には抵抗があります。死をことさら力んだ名でよぶことに、どこか西欧的な合理主義のにおいを感じますし、人間中心の価値観を強調している気がしてしまうからです。

また、「安楽死」というのも、薬で楽に死なせる意味合いを感じて好きになれない。ある種の望ましい死にあえて名前をつけるなら、「ハッピー・エンディング」でしょうか。

ハッピーエンドには、小説や映画の場合、月並みな終わり方というニュアンスもあります。でも、別に月並みでかまわないのではないでしょうか。物語を終えるべき時に、それなりに幕を閉じる。それがハッピー・エンディングという逝き方ではないかと感じています。

この世を厭《いと》う気持ちと、長く生きたいという気持ち。人は老いていくとともに、その両方を感じるものです。これも突き詰めて考えると、無力感に襲われてしまう。

昔は「人生五十年」といいましたが、それは五十年生きられるということではなく、あくまで理想像でした。

現代は平均寿命が八十歳にもなり、このまま伸びていけば百歳時代が到来するのかもしれないという。

マスメディアは、百歳を超えても達者なひと握りの幸運な長寿者をもちあげ、過大に称揚します。それは、あちこち悪くなって元気ではない、ほとんどの人たちに不安と劣等感を抱かせます。

現実として八十歳にもなると、身体的にも、精神的にも相当しんどいものです。私個人としては、七十五歳ぐらいが標準的な「逝きごろ」ではないかと感じています。

丹羽文雄が書いた色紙

かつて出版社が主催する講演旅行が、盛んに行われた時代がありました。文藝春秋の講演会などは大人気で、講師に著名人をそろえ、主催する出版社側もおおぜい打ちそろって参加するのが常でした。

当時は出版界だけでなく、世の中も余裕があったのだとしみじみ思います。

旅先で宿に泊まると、よく色紙を頼まれたものですが、私は色紙が苦手でほとんど断っていました。しかし、なかには色紙を書くのが好きな作家もいて、揮毫《きごう》用の筆や印判《いんばん》などを用意してきている人もいました。

人から聞いた話ですが、丹羽文雄《にわふみお》さんは私と同様、色紙が苦手だったらしい。宿の口ビーや店頭に飾られるのが、とくに嫌いだったそうです。

それでもときには断れない状況もあって、ある時、丹羽さんは色紙に大きく「死」という一字を書いて渡したという。

「これなら、店頭に飾られる心配はないだろう」

と同行者にいっていたというのですが、はたしてどうなったのでしょう。

少なくとも当時は今以上に「死」は縁起でもないこととして、目をそらす対象でした。

死後の世界を「黄泉の国」として、暗い地底の冥界のように感じる感覚は日本人の中に古くからあって、今も残っている。そこでは死体は腐り、ウジムシがわき、悪臭がたちこめているような、想像しただけでも気味の悪い世界です。

「三途《さんず》の川」という風景もわびしい。恐山の石積みの前で、ビニール製の風車がカラカラ鳴っている風景にも心が冷えるようです。

しかし、一方には「浄土」というイメージもありました。問題は、その「浄土」の光景が目に浮かぶように鮮明でないことです。

古い浄土図は現代人にとって何の魅力も感じさせない、陳腐な絵柄でしかない。

いま問題になっているのは「死後」なのではなく、「死」そのものの社会的、生理的条件なのです。

現在、百歳以上の超長寿者は五万人ほどいて、約八割が寝たきりでベッドに縛りつけられるように生きている。寝たきり状態でも、ほとんど植物状態でも、人工呼吸器や胃ろうなど延命措置を施《ほどこ》せば生きてはいられるという。

おそらく、自分の意思とは関係のないところで逝くことさえままならない。そんな話を聞くとやるせなくなります。

「無縁死」という言葉は、家族や親戚、友人など誰とも縁のないことを寂しく感じる、あるいは否定的にとらえています。

ところが現実には、縁を煩わしいと感じる人たちも増えている。

背景には、子どもの虐待よりはるかに激増している老人虐待があります。何も年金目当てで生かされているとはいいませんが、本当にもう生きたくないと思っている人たちも、無理に生かされている。そこが深刻な問題です。

自分にはやることがある、まだまだ死ねない。そう思っている元気な人もいますが、早くお迎えが来ないかな、と願っている人もいる。

少し前に、「お迎えは　どこから来るのと　孫が聞く」というシルバー川柳を目にしました。おじいちゃんの「はやくお迎えがこないかな」という口癖に孫がそう聞くのですから、切実な話です。

最近、同じ世代のかたの訃報をきくと、惜しかったな、寂しいな、という気持ちと同時に、ああ幸せに逝ったのだなという気もします。

長寿者はほんとうに幸せか

テレビドラマでは、病室で医者や家族がみんなで心電図を見つめるシーンがよくあります。しかし、実際は、そうやって最後の看取りがおこなわれることはあまりないという。すると逝く時もなかなかたいへんな状況になります。

自発呼吸ができなくなると、人工呼吸器をつけるかどうか、医師にたずねられる。もちろん本人の意思など確認できないから、家族は悩みます。やがて家族の一人が、「一分でも長く生かしてください、つけてください！」と叫ぶ。

人工呼吸器を口の中に入れる時というのは、あちこち当たって出血すると、拷問みたいに見えるそうです。それに、止まりそうな心臓を無理やり動かすのだから、苦しいにきまっている。

その様子に、一分でも長くと願った家族が「やっぱり外してください」と医師に懇願します。しかし、「自分の裁量で外すことはできない」、とことわられる。一度つけた以上、外したら医師は罪に問われかねないからです。

心臓の蘇生でも、老人はほとんどが骨粗鬆症《こつそしょう》ですから、体重を乗せてマッサージすると肋骨などすぐ折れてしまう。その痛みは大変なものだそうです。

私の知人にも、そうやって延命措置をするほど苦しんで亡くなった人がいます。

私自身、緩和措置はまだしも、延命措置はさけてほしいと考えています。

長く生きるということが人間の幸せであろうか。

最後まで健康で長生きして、ぽっくり死ぬなら幸せでしょう。

けれども、にぎやかな孫たちに囲まれ、おじいちゃん、おばあちゃん、と大事にされて逝ける人はきわめて例外的な存在なのです。

そういう時代だからこそ、学問が表に出てこなければならないと思います。

長寿者たちが幸せを感じているのか。それとも、もうつらくて死にたいと思っているのか。統計にしても、人間の正直な声をきちんと取ってこそ世の中に役立つのではないでしょうか。

延命治療のはてに、もがき苦しみつつ息絶えるような現実は、なんとしても変えなければなりません。いま、誰もがそれを感じているのではないでしょうか。

生だけが勝利という価値観

西欧ではルネサンス以来、死は常に、生の背後におかれていました。「死」は敗北であり、「生」が輝かしい勝利だったのです。

ちょうど同じころ、わが国では「死」をケガレとして恐れない思想が生まれていました。「死」を浄土への旅立ちと受け止める、仏教の思想です。しかし、その考え方は、やがて光を失っていきました。

そしていま私たちは、生と死の価値を、圧倒的に「生」の側からだけ眺めています。近代医学は無条件に「生」を守るものであり、ヒューマニズムの思想もそうです。

芝居は幕がおりるときに真価がとわれるはずです。「育っていくこと」と、「老いていくこと」を同じように大切にすると同時に、「死」もまた、「生」を否定する不吉なものとだけ考えないほうがいいのではないか。

人権とは人間の条件であるなら、人はそれぞれ生きる権利をもつと同時に、より良く人生を終える権利をもっているはずではないか。

武士の誇りのために死ぬ時代もあり、国家のために命をささげる時代もありました。しかし、人は何か特定のもののために死ぬのではない。自分の「生」を完結させるために、より良き死を求めているのが今なのではないでしょうか。

このところ、「孤独死」という言葉が、悲惨なものとして語られています。それを「孤立死」といい替えたところで、ほとんど意味がありません。

「死」そのものを悪と見なす視点に立つ限り、人間は常に孤独な存在なのです。

「死」という言葉から目をそむける感覚から、自由にならなければなりません。

「死」を不吉なものとしてなるべく直視しないようにする習慣から、もう脱出しなければならない。

「死」を哲学の題材として論じた人は少なくありません。しかし、現在、私たちが直面しているのは、戦場での「死」よりも、はるかに無意味で悲惨な「死」の現場です。

高齢化時代とはとりもなおさず、多数の死と日常的に直面する時代です。

「死」を人生の敗北と見なす感覚から、私たちは出発しなければならない。そこを離れて、明朗な再出発の思想を確立しなければなりません。

より良き「死」をなしとげた人々を、拍手で送り、尊敬のまなざしで見ることを学ばなければならない。そんな時代に私たちは生きているのです。

死をケガレとした長い歴史

「死」を不吉なもの、忌《い》むべきものと考えてきた歴史はかなり長いものです。

中世では「死」と「病」とを、ケガレとして恐れていました。道の途中で葬列に出会った場合は、家に蟄居《ちっきょ》してケガレが薄らぐのをひたすら待ったともいいます。「死」と「病」とは一体です。だからこそ、中世で「死」と「病」に直接かかわる医師《くすし》は、職業として賤視される立場にあった。

現代においては「お医者さま」と尊敬され、社会的地位も格別に高いドクターが賤視されたといえば驚くかもしれませんが、実際、そのような歴史が存在したのです。

農にたずさわる人びと以外の非定住の民、技をもって生きる者たちは、すべて常民の枠からはみ出た者として扱われていた時代です。

都の商家や、身分のある家では、使用人が重い病にかかると、家から運びだして鴨川の河原に捨てたという。枕元に水や食物を置くこともあったでしょうが、要するに、家から死を出すことを極度に恐れたのです。

南都《なんと》北嶺《ほくれい》、すなわち興福寺や比叡山などの寺々でも、普通の葬式は行いませんでした。当時、死者を弔ったのはもっぱらヒジリと呼ばれる私度僧《しどそう》でした。古代から中世にかけて、僧侶は官から任命される公務員でした。私度僧とは濫僧《ろうそう》ともいい、要するに、僧の格好をした乞食坊主であり、野のヒジリたちです。

念仏僧、浄土宗系の僧は、むしろ積極的に死者に対する供養をつとめたようです。「方丈記」には、京都に死者があふれ返ったとき、ある僧が行き倒れた人びとの額に梵《ぼん》語《ご》をしるして供養した数、数万人にのぼると書かれています。

長寿者も増えるが、それ以上に死者の数が激増していく時代にあって、「死」をケガレとみるかぎり、この現実世界は不安と恐怖の坩堝《るつぼ》となるしかないのです。

私たちは、これからは「死」に対する大きな価値転換を迫られるでしょう。「死」は人が最後に引きずりこまれる敗北ではなく、人生の実りあるフィナーレとしての「死」をこそ思う。そういう時がきたのではないでしょうか。

「死」をオープンに論じ合おう

「死」という言葉を耳にすると、誰しも、無意識のうちに身構えるでしょう。しかし、いま現在、私たちは日常的に「死」にとりかこまれて生活しています。去年、今年と、さまざまな人の死を見送りました。これからはさらに増え続ける。伝染病の流行とか、戦争とか、大災害とかによる大量死ではない。高齢化社会の自然の成りゆきとして、そうならざるをえないのです。

「死」がカジュアルになったことを嘆く声も少なくありません。おおぜいの人が参列する通夜や葬式が少なくなってきて、家族だけの密葬がふえてきたことも、カジュアル化のあらわれだととらえることもできます。

亡くなってだいぶたってから、逝去の知らせをうけることも最近はめずらしくない。病院で最後を迎え、そのまま火葬場に送られるケースも、しだいに増えつつある。家族が多い場合は、自宅で死ぬこともできるでしょう。しかし、一人世帯だけが増えていくなか、時代はすでにどうしようもなく孤立した生活の様相を呈しています。

ただ、私はそれも悪くないのではないかと思ったりします。

なにも、孫や息子夫婦や親戚に見送られて死んでいく必要もないでしょう。ただ、死後、周囲の迷惑にならないよう、普段から準備をしておけばすむことです。

それを孤独死とか、孤立死とか、ことさら悲劇的な扱い方をするのはまちがいではないかと思うのです。

先日見たＮＨＫの番組で、九十歳近い老人と介護者との会話で、生死が危ぶまれるきわどい局面になったとき、本人が延命措置を望むか望まないかの意志を確認するシーンがありました。

私は当然、その老人が「延命措置はいらない」と答えると思っていたのですが、実際はちがいました。

「やっぱり生きられる間は生かして欲しい」という意味の言葉が、その老人の口からもれるのを聞いたとき、何ともいえない気持ちになりました。

「歎異抄」のなかで親鸞も言っているように、人間の生存欲というものは、どうしようもなく強く激しい。暴流のようなエネルギー、という人もいます。

九十歳にもなればもう十分ではないか、というのは第三者の見方というものでしょう。

仏教でいう「苦」とは、そのような人間の業《ごう》をいうのかもしれません。

しかし、それを承知で、あらためて「死」を親しいものとして見直すことが求められている。そのためにこそ、私たちは「死」をオープンに論じ合う必要があると考えているのです。

第十一章　無力の思想で荒野をゆく

自他を超えた第三の道とは

無力《むりき》の力というのは、平和憲法を絶対に守るとか、原子力はやめて自然再生エネルギーにするとか、そういう単純な話ではありません。

自然を敵とみなし、対立するものとして克服し、開発していくことが人間の使命であるる。キリスト教文化に根ざしたそういう人間中心主義は、今でも非常に有力な考え方だろうと思います。

他方、人間は自然の一部にすぎない、自然と調和していくことが人間の使命であるという、都市生活や科学技術をも否定するような自然中心主義があります。

何度も触れてきたように、がんに対する対応ひとつとっても考え方はさまざまです。手術して病巣をやっつけて克服するのか、自然にまかせてほうっておくのか。

無力《むりき》というのは、がんと対立するのでもなく、調和するのでもなく、それと共存する考え方だろうと思います。

自然を敵ともせず、服従するのでもない。どちらかに決着をつけるというのではなくて、その微妙な間《あわい》のところで現実を生きていく。

それが自力と他力を超えた第三の道、無力《むりき》の道だろうと思います。

大津波の後、三陸の漁師たちの様子が報じられていて、しばしば聞いたのが「この暮らしは海からもらった。だからまた海に出る」というような言葉でした。

自然を敵ともせず、服従するのでもないという姿勢が感じられました。

あるいは、原発事故で放射能の影響が心配されたところでも、先祖が拓《ひら》いてきた土地を守り、農業をつづけるという人もいます。

なるほどな、と思うと同時に私自身は、一所不住の無宿者という考え方に惹かれるところがあります。

人間というのは、一定の場所に定住しているだけではない。デラシネとか根無し草とか、よくないものに考えられがちですが、それもまた人類の宿命だろうと思います。

ユダヤの民は古代エジプトへの強制連行以来、スペインに追放されてギリシャやロシアなど各地に流れ去っていった。

歴史の中には、ディアスポラという放浪の民の歴史があり、そこから生まれる文化がたしかにある。定住と非定住のあいだで生まれ、そのどちらでもないものによってはぐくまれる、不思議と豊穣な文化があるのです。

ですから、片方を否定して一つにしてしまうのではなくて、二つの中心を持つ楕円のなかで、自分たちの生きる道を選択していくということです。

これからの時代、二者択一という生き方は難しいだろうと私は思います。

検査をするな、手術はするな、がんは放置しろという意見がある一方で、早期発見、早期治療という主張もある。人によって考えはちがうでしょうが、私は、どちらもある意味で真実をいっていると思います。

実際にその状況になったら、医師の勧めにしたがって手術するか、あるいは化学療法なのか、それとも何もしないか、どうしよう、と迷うにちがいありません。

最先端の物理学や生物学は、人の目には見えないけれども、微細な電子や分子がものすごい速さで動きつづけるさまをとらえます。

この世では、人間をふくむありとあらゆるものが動いている。人間の思想も、絶えず動いている。

迷う状態のなかでふわふわと移行しているが、ダイナミックに動的に動きつづける。それが人間の真実でしょう。

それは、避けるべき曖昧な生き方ではなくて、それこそが大事なことなのです。

親鸞は、浄土へ行った人間は行きっぱなしではなく、また現世に戻ってくると説きました。この往還運動は、穢土と浄土という二つの中心点のある楕円のなかでの人間の生き方を模索する思想ではないか。そう思うことがあります。

頂上への道はそれぞれに

自然法爾《じねんほうに》という親鸞が最後に到達した境地、その考え方とはどういうものか。

「法爾」とは人に働きかける見えない力のことですから、おのずから、しからしむる何かの力のこと。すなわち他力のことでしょう。

しかし、そもそも他力というのはある意味で、かなり反自然的な考え方だといえなくもないのです。

阿弥陀仏、つまりアミターバという新しい存在を発見してそこに身をゆだねようというのは、自然の形ではありません。

日本のアニミズムは山や森、岩などに偉大な存在を感じて身をゆだねるわけですが、阿弥陀仏というのは、人間の想像力のなかで作り出したものです。

阿弥陀仏は色もなく、形もおわしませず、無量の光である。そのように親鸞はいうわけですが、架空のものを作って身をゆだねるのは、反自然的な人間の努力でしょう。

他力にすべて帰依するといいますが、帰依する対象である阿弥陀仏という存在が、人間が作り出したものである以上、なかなか純粋他力というわけにはいかない。

やはりそこは自力ではないのか、そういわれると反論しようのないところがある。専門の仏教学者、あるいは浄土教の学者たちのあいだで、あまり厳密にふれないで通過されてきている部分のようです。

その辺はどうぞ曖昧に、というとおかしいが、ぼんやりとさせている。

自力を強調するのも、他力を強調するのも、軸足の置き方のちがいなのかもしれません。かつてマルクス主義思想家のグラムシは、左翼闘争をめぐって思想上の分裂が起こったとき、

「社会主義への道というのはひとつではない。山の頂上に向かって、どちら側から登っ

ていくかというちがいだけだ」

という意味のことをいいました。これと似たようなことです。

「人事を尽くして天命を待つ」

私はこれを、人事を尽くさんとするはこれ天の命なり、と勝手に読み替えています。つまり、自分は絶対にいま、これをやるのだと心をきめて思いたったなら、それは天から下った命なのだと考える。

自力も徹底すれば、他力に通じてくる。ぽかっと空いた穴から他力への空間が生まれてくる。そういうものではないでしょうか。

純粋他力が阿弥陀仏に帰依するという反自然的な行為のなかで生まれてくるとするなら、自然法爾とは、すでに自力にも他力にもとらわれていない境地ではないのか。

そう考えることがあります。

絶望の虚妄なること希望に同じ

「はじめに」でも触れたように、震災の後、「絆」という言葉が繰り返しつかわれるようになりました。

最近は、警察や海上保安庁を志望する若者が増えているという。大ヒットした映画「踊る大捜査線」や「海猿」の影響もあるのかもしれませんが、どちらも安定した職で、ふつうの公務員にはないような深い絆があるといいます。

絆は人間にとって心強い、孤立しがちな人にとって温かな心の拠りどころという意味で使われています。

けれど本来は、個人の自由をひどく束縛するものです。前にも書いたように、もともと絆とは、犬や馬などの動物の足を縛り、勝手に動けないようにする綱のことだったのです。

私の世代では、「肉親の絆に縛られて郷里を出ることができない」とか、ネガティブな表現に使っていました。

世代によるちがいもあるでしょうが、親族縁者や家など他の人間の都合が、自分という個人の自由を拘束するという側面をもっているのは事実です。

だからこそ人々には絆から解放されたいという願いがあったのです。そして実際に現代においては、家という概念がすっかり薄くなってしまいました。それなのに、とてもポジティブな用語のように使われているのを聞くと、どうも奇妙な感じがしてしまうのです。

最近は、身近な編集者の話を聞いても、ほとんど例外なく親の介護の問題を抱えています。土日にかけて毎週のように、地方の高齢の親の様子を見に行くなどという話を聞くと、仕事を抱えながら大変だなと思います。

たとえ今は両親が健在でも、遠からずみんなそういう状況になる。老老介護が当り前という世の中で、私たちは生きていかなくてはならない。

そこで、無力《むりき》のちからというものを意識しないかぎり、社会全体が底なしの無力感《むりょくかん》にとらわれてしまうか、ヒステリックな有力感に走ろうとするか、そういう二分法の選択になっていく気がしてしかたがないのです。

「絶望の虚妄《きょもう》なることまさに希望に相同《あいおな》じい」

という、魯迅の言葉があります。

そんな時代であるがゆえに、自分にはぶれない軸がしっかりあると考えたがる。

しかし、強い力を求めるとかえって力むばかりです。

世の中はそういうものだと無力感にひたるのでもなく、何とかしようと力むのでもなく、この現実の世界を生きていくことです。

すでに慰めを必要とする人は世の中にたくさんいます。

無力《むりょく》になってもいけないし、安易な希望を持ってもいけない。

固定した、確信に満ちた一点重視主義みたいな生き方は難しいだろうと思います。

一見、無軌道に見えたりアナーキーに見えたり、定見がないように見えたりしてもかまわない。他力と自力のあいだを浮遊しながら、あるところ自在に生きている。

絶望もせず、希望もせず、そのなかで右往左往するわけではなく、動的な二つの中心を実感しつつ、末法の世を生きていく。それしかないだろうという気がしています。

絆に幻想を抱かない

私自身は、絆をもとめるのとはちがう生き方を模索してきたつもりです。

少年時代から青年時代にかけて、絆から脱するために日々戦い、絆を切り離し、切り離ししながら生きてきたような気がします。

「君子の交わりは淡きこと水のごとし」というわけではありませんが、人との付き合いでは、油のように濃い関係は結ばないようにして生きてきました。

好きになりそうだとか、親友になれそうだと思う人とは、あえて距離を置いてつきあってきた。ソウルフレンドとよべるような友人もいなくはないのですが、それでも何年かに一度の手紙のやりとりか、一回会うかどうかという感じです。

濃密な関係をさけて浅くつきあう、というと、いまどきの若者みたいに聞こえるかもしれませんが、それとはちがう気がします。

フェイスブックなどのSNSは、やはりある種の絆を求めているようで、しかし現実には深入りはしたくないという感じがある。ときには出会い系サイトで真剣にパートナーを探したりする人も結構いるそうですが、それも絆とはちがいます。

世の中に、絆、人脈や交流という言葉があふれているのは、軽いつきあいでもいいから、友だちがいないと不安だという気持ちを持つ人が多いということなのかもしれません。

私だって若いころは、友だちが少ないのはさびしいような気持ちがなかったわけではありません。しかし、朝鮮半島から九州に引き揚げてきたという負い目があったので、しかたがないという思いもありました。

先日、ある引揚者の句集をいただいて読んでいたら、引き揚げの少年は村の祭りで神輿《みこし》も担がせてもらえない、というような句がありました。句の多くに、新参者が地域の濃密な世界から排除される孤独感がにじんでいました。

その土地に生まれ、その土地に住み、代々そこで生きてきた人たちのあいだに、敗残の引揚者として転校してくるわけですから、やはり先住者に溶けこむのは難しいのです。わざと道化者を演じて人気者になる方法もあったのでしょうが、私はそうではなかったたし、孤立することに慣れてもいた。孤独であることが不安ではなかったし、自分一人で生きていくのだから、と小さい頃から思っていた気がします。

老人が一人で死ぬことをマスコミが恐怖の対象として報じたり、若者が不安から友だち関係を求めたりする。

その背景には、テレビドラマか何かわかりませんが、現実以外のところからすり込まれた理想像みたいなものがあるのではないか、という気もします。

たとえば学校生活でいえば、絵にかいたような熱血教師がいて、仲間を思う学友たちがいるという姿を勝手に理想にしてしまう。しかし、教師と生徒のあいだにつながりや絆があるべきだというのは、幻想にすぎないと思います。

死ぬ時は子や孫に見守られながら家で安らかに死ぬ。若者は親友が四、五人はいて、友人たちとときどきホームパーティをひらく。これもどこかドラマで作られた理想像のように思えます。

そのようなものはきわめて例外的なのですから、別に外れたってかまわないのです。

死ぬ時は一人で死ぬ。

そう考えると、じつに心細いものです。しかし、自分はそのほうがすっきりします。

流され生きてきた日々

学生のころはひたすらお金がなくて、新聞配達や売血のアルバイトをしたり、神社の軒下で野宿したりする貧乏な暮らしでした。

しかし、だからといって絶望するでもなく、必ずのしあがってやろうと希望に燃えるというのでもなかった。

ただその晩寝るところがあって、今日一日の食事があれば幸せ。それで学費も払えなくなり中退してしまっても、強靭な肉体もない自分だから、せいぜい四十歳ぐらいまで何とかしのいで生きていければいいか、そんな感覚でした。

敗戦で朝鮮から引き揚げてくるときの悲惨な体験や、引き揚げることができなかった多くの人たちの犠牲。その上に、自分は幸運にも生きて日本に帰れたというしろめたさ。それは今も残っています。

自分は悪人なのだ。最後の日まで、その思いを背負って生きていくしかないという感じは当時からずっとあるのです。

よく「五木の作品はどうも暗い」といわれますが、それもしかたがないことです。作家としての四十五年、暗いことに共感してくれる時代もあり、暗いことに反発される時代もありました。

それでも基本的に自分は、一貫して山を下りていくような、下降感覚のなかで生きてきたように思います。ある意味で、ずっと無力《むりき》へ向かうような感覚があったということかもしれません。

若いころ編んだエッセイ集は『風に吹かれて』というタイトルでした。『日刊ゲンダイ』で三十七年間ずっと続けているエッセイは「流されゆく日々」。こちらのタイトルは、かつて愛読していた石川達三さんの「新潮」での連載エッセイ「流れゆく日々」のもじりです。

私には、石川さんのように自分の位置を定めてどっしりしていられる種類の強さはありません。いつも転がる石のような、時代とともに流れゆく塵芥《ちりあくた》のような受身の姿勢を表して題したものです。

時代に流されまいと気負うのではなく、風に逆らうでもなく、抗うのでもない。しかし、単に流されたり、とばされたりするのでもない。そういう思いで書きつづけています。

最近のジャーナリズムは、何の問題でもはっきりしてほしい、右往左往して決められないのは現代人として失格だという雰囲気があります。

「五木さんは、原発賛成か、反対か、どちらですか？」

そんな二者択一を強《し》いるような質問をされると、答えに困ります。

そもそもこの世は矛盾だらけで、人間も矛盾していることばかりなのです。

その矛盾も是《ぜ》として受け止めなくてはなりません。

世の中というのは、努力すれば必ず報われるものではない。そのことに対して、人間は怒ったり腹を立てたり、悩んだりするけれども、そういうものだと覚悟しておかなくてはならないのです。

この世を生きていくための、「無力《むりき》」とはどういうものか。

これまで親鸞の思想や、仏教の考え方をまじえながら、考えてきました。

他力という思想を中心にすえたのが浄土真宗であり、親鸞は絶対他力の境地に到達した大先輩である。

それはそれとしてよく理解できるのですが、同時に、本来ブッダは、無力《むりき》というところに立っていたのではないか、という気がします。

つまり、最終的に仏教というものは無力《むりき》という考え方なのではないか。

無力《むりき》は無力《むりょく》とは違う。自力でも他力でもなければ、完全他力でも完全自力でもない。

頭のなかでは他力に身をまかせると決め、納得もしている。でも体のほうは必ずしも自力を捨てきれない存在でもある。そのなかで揺れ動く自分というものを無力《むりき》と納得している。

ですから、もし「あなたは自力で生きているのですか？　それとも他力ですか？」

と問われたら、

「他力を信じ、他力に身をまかせようといつも心に思っている。だけど自力を捨てることはできない。しいていうなら、力に頼らない無力《むりき》ということです」

ということではないでしょうか。

では、無力《むりき》と無力《むりょく》のちがいはどこにあるのか。

無力《むりょく》は、漠然として頼りないという無力感から、自殺や社会放棄をしたりする人が出てくる。動きのとまった、後ろを向くばかりの姿勢です。

無力《むりき》というのは、無力《むりょく》の状態を認識して、揺れ続ける動的な生き方を肯定し、そのなかで何かを目指そうとする。前向きで、自在な姿勢です。

無力《むりき》の世界というのは、楕円の二つの中心を、楕円のどちらかに偏らずにそのあいだを浮遊しながら往還していく感覚です。

それは一定の、確固たる信念を持っていないと見えるかもしれませんが、自在な生き方でもある。そうできればいいと思っています。

他力だけにこだわって、朝から晩まで他力でなければ、また自力に偏ったなどと歎いていては駄目だろうと思うのです。

自力といっていくら遮二無二《しゃにむに》頑張ろうと、時代の流れもあれば、社会の動きもある。

運、不運というものもある。

どちらか片方の力に引っ張られることのない、とらわれない生き方を無力《むりき》といっているのです。

それを自己啓発的な処世術にいいかえるならば、適当に他力になる、ということかもしれません。

うまくいかなかったら、自分は努力したが、他力が働かなかったから結果は出なかった、これはもう仕方がないこととして自分を責めない。

逆にうまくいったときは、様々にはたらいた他力に感謝する。

ヨットというのは、順風でなくとも風を受けながらジグザグに前に進んでいくことができるそうです。初めて聞いたときは、そんなことがあるのかと驚いたものでした。

ただ、他力という風が吹かなければ、手で漕《こ》いでも、押しても、動けと叱咤《しった》激励してもヨットは動かない。他力の風が吹いてはじめて動く。

そうかといって、今は風がないからと昼寝ばかりしていたのでは、せっかく風が起こっても、チャンスを逃してしまいます。

今は凪《な》ぎでも、他力の風は必ず吹くと信じて、水平線のかなたを注意深く見て、かすかな風でも吹いてきたなら、ただちに帆を上げられるようにしておく。風をウォッチするのは自力といわれれば、そのとおりです。

仏教でいう自他一如とは、半分が自分で、半分が自分以外の他である、という意味ではありません。

非僧非俗がそうであるように、半分が自力、半分が他力という二分法のような考え方ではなく、両者の間《あわい》、なづけようのない狭間《はざま》にいるということです。

先にふれたように、もし重力がなければ地上に立つことさえできない。そこで、自力と他力の中間地帯、虚空というのか、微妙な空間が出てくるわけです。

人間というのは、その他力と自力の微妙な狭間に生きているのですから、どちらかを否定して一方に偏るべきではありません。

そのなかで自力、他力は当然ありますが、無力《むりき》はさらに自由でダイナミックなものです。

つまり、黒でもなければ白でもない、知に働いたつもりで、それを簡単に決定はしない。今日は黒でも、明日は白かもしれないのですから。

そういう状態が人間の自然のあり方であって、人はそうやって現実の中を生きている。

だからこそ、無力《むりき》という立場にいることだろうと思うのです。

その認識に立つことから、無力者《むりきしゃ》の哲学、ブレることを非としない無力《むりき》の生き方というものが生まれてくる。

そういう意識の上に自分の生き方を構築していくのが、この時代に最もふさわしい、また最も要求されていることではないでしょうか。

末世に荒野をめざす

いよいよ末世だな、という感覚がつよまってきました。

いま、あえて希望を語ることもそう難しくはないのですが、やはり時代の流れを大きく見ていると、いまは世界全体が下山の領域にさしかかっている。

今は、有力で、力のある、人それぞれが成長期の喜びに満ちた時代ではありません。世界全体が、市場主義から国家的な資本主義のほうへ軸足を移していて、いろいろと摩擦もふえてくる、非常に不安定な世界に生きています。

ルネサンス以来、人間は素晴らしい能力がある、力強い存在だと考えられてきました。

今では遺伝子が解明され、どうやらヒッグス粒子も発見され、医学ではｉＰＳ細胞のおかげで再生医療がもたらされるかもしれないといっている。

しかし日々、様々な発見が人類の進歩と讃《たた》えられていながら、一方では何も変わらない飢餓や病気があり、世界はそれをどうにもできないという現実がある。

何年かかっても、ほとんどかわらない飽食と飢餓、金満と貧困のコントラストを思うと、人間の力はどれほどのものか、という無力感にもおそわれます。

希望と絶望との谷間にあって、もう希望はないという見方も、まだ絶望する必要はないという見方もあるでしょう。

しかしそうではなくて、希望しつつ同時に絶望するという第三の道があります。

希望に行ったり、絶望に行ったりしながら、螺旋《らせん》状にひとつの方向へ進んでいくことです。

下山の時代、この国で生きていることを、選択肢として拒否するわけにいかない。現実に対して没落感や焦燥感、そして無力感を持っているだけではしかたがありません。

浮遊した状態のなかでも、自分なりの歩調を整えて、生きなければならない。

両方を同時に、というのは難しく思われるかもしれませんが、自分には希望も絶望もあるのだとしっかり認識することが、無力《むりき》の歩みの支えとなるはずです。

時代にも国家にも、登山の時期と下降の時期があるように、一人ひとりの一生にも登るときと下るときとがあります。

古代インドでは、人間の一生を四つに分けて考えました。

二十五歳くらいまでがさまざまなことを学び、トレーニングを積むための「学生期《がくしょうき》」。それから五十歳までが、結婚して子どもをもうけて家族を養う「家住期」で、社会人、家庭人として、多忙な日々がある。

しかし、五十歳をすぎたら、いま一度人生を振り返り、自分の生きたいように生きる「林住期」。そろそろ自分のために働くのはやめて、無償でもなにか人のためになることをする。

そして七十五歳ぐらいからは、あてどなく家を出ていく「遊行期《ゆぎょうき》」。

「死は前よりしもきたらず、かねて後ろに迫れり」と「徒然草」にあるように、いつ来るかもしれない死を見つめながら、自然へと回帰していく頃合いです。

中国では、春夏秋冬を、青春・朱夏・白秋・玄冬ともいうそうですが、これは人間の一生にもあてはまります。

玄冬の「玄」は、幽玄、玄妙というように、荒涼たる真っ暗闇とはちがう、深く艶《つや》やかな黒のこと。この玄なる世界に入った人間は、青春や朱夏、学生期や家住期の人たちとは、考え方も当然にしてちがってきます。

下りつづける後半生をいかにしのいでいって、どのように締めくくるか。

人生には成功もあれば、失敗もほんとうにたくさんある。それでも、終わり良ければすべてよし。

そう考えれば、これから終盤の生き方は、とても大事なのです。

私自身、これから八十代、もしかしたら九十代を生きるわけですが、日ごとに未知の世界へふみこんでゆくことは、面白いといえば面白いのです。

無力《むりき》を胸に、一日一日、荒涼たる世界を歩みつづける。

青年は、荒野を目指す。

老人もまた、荒野をゆく。「無力《むりき》」という荒野を。

それでいいのだと考えています。

あとがき

世の中と同じように、個人もまた変るものだ。最近、つくづくとそう思うようになりました。宮沢賢治が親鸞と同じように九十歳まで生きていたら、と、考えたりすることがあります。

しかし一方で、また変らぬ自分というものもある。世の中のことは、すべて黒か白かというふうに決めつけられるものではありません。

変るものと、変らぬもの。

その二つの世界を揺れ動きながら、私たちは生きています。

自力と他力という立場もそうです。小さな他力もあれば、大きな他力もある。その二つの世界を、無理やりに止揚するのではなく、そのまま受け入れようとする姿勢。それを「無力《むりき》」と名づけました。

明日のことはわかるのか。明快に説く人もいますが、私はわからないと思うのです。先日、南海トラフの災害予想が報じられていました。そのあまりの巨大さに呆然としながらも、今日一日、明日一日と、私たちは生きていかねばなりません。

生きるからには、依って立つ場所が必要です。私はそれを「無力《むりき》」と感じました。それは虚無的な姿勢ではありません。予測不能な現実を、予測不能な自分を抱えて生きていく。その追いつめられた人間の依りどころが「無力《むりき》」です。

わからない明日を、わかったふりをしない、という小さな志をくみとって下されば幸いです。

この新書を上梓《じょうし》するにあたって、発想から校正までの過程を柔軟に、そして執拗にサポートしてくれた新潮社の後藤裕二さん、阿部正孝さんのお二人にお礼を申し上げたいと思います。また文中にお名前をあげさせていただいた先達がたにも感謝いたします。

ありがとうございました。

二〇一三年　著者

五木寛之　1932年福岡県生まれ。
作家。『蒼ざめた馬を見よ』で直
木賞、『青春の門 筑豊編』他で吉
川英治文学賞。『風に吹かれて』
『大河の一滴』『他力』『人間の覚
悟』『親鸞』など著書多数。

Ⓢ新潮新書

514

無力《むりき》

MURIKI

著　者　五木寛之《いつきひろゆき》

2013年4月20日　発行

発行者　佐　藤　隆　信

発行所　株式会社新潮社

〒162-8711　東京都新宿区矢来町71番地
編集部(03)3266-5430　読者係(03)3266-5111
http://www.shinchosha.co.jp

印刷所　錦明印刷株式会社

製本所　錦明印刷株式会社

ISBN978-4-10-610514-2　C0210

価格はカバーに表示してあります。

Ⓢ新潮新書

490 間抜けの構造 ビートたけし

漫才、テレビ、落語、スポーツ、映画、そして人生……、〝間〟の取り方ひとつで、世界は変わる——。貴重な芸談に破天荒な人生論を交えて語る、この世で一番大事な〝間〟の話。

501 たくらむ技術 加地倫三

バカげた番組には、スゴいたくらみが隠れている——テレビ朝日の人気番組「ロンドンハーツ」「アメトーーク!」のプロデューサーが初めて明かす、ヒットの秘密と仕事のルール。

502 日本の宿命 佐伯啓思

自由と民意、平等と権利、経済発展とヒューマニズム……偽善栄えて、国滅ぶ。開国・維新から橋下現象まで日本社会における諸悪の根源に迫る。稀代の思想家による「反・民主主義論」。

506 日本人のための世界史入門 小谷野敦

「日本人にキリスト教がわからないのは当然」「中世とルネッサンスの違い」など、世界史を大づかみする〝コツ〟、教えます——。古代ギリシアから現代まで、苦手克服のための入門書。

510 人間はいろいろな問題についてどう考えていけば良いのか 森博嗣

難しい局面を招いているのは「具体的思考」だった。本質を摑み、自由で楽しい明日にする「抽象的思考」を養うには？ 一生つかえる「考えるヒント」を超人気作家が大公開。